妻とふたり

佐々木尚文

文芸社

●目　次

自称作家誕生編

妻を慕う

江藤淳が自殺した。

原因は、小説の虚像に深入りしすぎて現実の世に対応できなくなり、「小説を書くのが嫌になったから死ぬのです。誰よりも、お前を愛していました」と、驚愕する遺書を妻に残し、愛人、山崎富栄と共に玉川上水に身を投げた太宰治の心理とは異なり、江藤の場合は糟糠の妻を亡くした寂しさからであろう。

惜しむらくは、彼がここで亡き妻を迎えて再婚の生活に入った、と空想を展開させる創作を楽しめば自殺なんて寂しい気持ちは一挙にフッ飛んだであろうに。かくいう著者の妻も、江藤の妻が逝った翌月に神経系統の難病で逝ってしまった。しばらく寂しい思いをしたが、今のふたりは江藤とは異なり想像の中で仲良く喧嘩をしながら楽しく生きている。

先日、家族に連れられ名古屋ドームに行ったが、平和は尊いものだ。ここで思い浮かぶのは名古屋の港から一緒に出航して未だに帰れない戦友の顔である。

「安らかに眠ってくれ。平和は残った俺たちで守るから」

と、彼らとの間で空しい問答は出来たが反面で、

「お前たちは貧乏くじを引いたんだな」

との無情な心が浮かんだのも事実である。こうした余裕は江藤が最後に出版した『妻と私』の作品の中には感じられない。また、彼がこの感覚で妻の死に対処できたなら太宰の真似はしなかったであろうに。

残された男

傘寿の年にもなると、今施錠した自転車の鍵を忘れる反面で五十歳にもなる家嫁をあやした頃の可愛い顔が浮かぶから不思議である。その例により、メダカの学校の曲など思い浮かべながら、

「頭の体操は、夢の中、そっと覗いて見てごらん、二人で楽しく遊んでる」

と、浮き浮きした気持ちで机に向かっている。時計の音も聞こえるが、時間など今の二人には関係のないことだ。

昨日三回忌を終えたばかりの妻も部屋のどこかにいるような気がする。思えば、この自惚れ集は十年ほど前に妻とふたりで纏めた随筆で、今回図らずも全国出版という幸運に恵まれた本である。この展開に自惚れ作家ともなると、

「俺でもやればできるんだ」

と、鼻が一段と高くピクピクと蠢いてくるのである。

「今に見てろよ。この文があかね空に変るから」

と、逸る心をおさえて楽しんでいる。しかし、

「もう付き合っていられないは、阿呆らしくて」

と、またまた煩しい奴の顔が浮かんでくるのである。でも待てよ。これが愛する女神のお告げとあらば従うのは男の性であろうか。

自称作家

どうして書けないのだろう。思ったこと、見たことをそのまま書けばよいのだろうに。これに反し、文章に堪能の人が書いた文は、その風景が目の当たりに浮かぶように記されている。枯れ葉がころころと転がる風景も実際には書かれていないが、文章に関連して浮かび上がってくる。これがプロの作家なのだろう。それに比べ自称作家の文はなにか泥臭い感じである。それに空想で物が書けないから大きな違いだ。プロ作家は文字通り作る人である。自分の頭の中で、あれこれと場面を作り、また事件を起こし、次々と回転するシーンはどうして浮かんでくるのだろう。頭の構造が普通の人とは異なっているのだろうか。

有名な『伊豆の踊り子』『麦と兵隊』『潮騒』を書いた人たちは作家として名は知られ、地位も上がり財も得たであろうに、なんで自らの命を絶ったのだろう。これは空想の世界に入ったり、また出たりで現在の自分の姿を見失ったのではないだろうか。要するに心は常に現世と、かけ離れたところまで行っているのではないだろうか。そうした心境の中で浮かぶ空想が、素晴らしい発想となって文章の中に表れるのだろう。かつて流行した『矢切の渡し』の歌の詞でもそうである。歌の中に思い浮かぶ矢切の渡しは、向こう岸まで相当の距離を感じさせられる。だが、現場は目の前に岸があるらしい。それを空想によりあの距離感を作り出すのである。さて自称作家であるが、これは作家ではなく表現屋である。実際に見たこと、聞いたことを思い浮かべて自分の考えを加えて書くだけのことで、作るのではない。種が尽きれば終わりである。いくらもがいても苦しんでも、どうにもならない。でも書きたい、これが自称作家である。

自惚れ

誰でも人に知られたくない気持ちがある。例えば顔である。これは男女ともに関係なく気にしていることだ。男なら三浦友和、玉三郎だろう。それにいくらか似ていると思う気が心の底に人知れずあるものだ。まさか松坂慶子に似ていると思う奴はおるまいが、中にはいるかもしれない。これを自惚れというのだろう。その自惚れがなくなると人生は終わりだ。これを病気に当てはめると、ご臨終の状態である。では一期の症状はどの程度なのだろうか。

自分の得にならないことはたとえ正しいと思っても知らん顔の半兵衛で通し、その反対に自分の考えることが得になり、またその意見に他人も当然同感してくれるだろうと、独りよがりに思い込む自惚れである。当然そこには利害関係が生じて損になる他人も出てくる。その反対者に自分の自惚れを強烈に突き上げられる。そのとき受けるショックが第一期症状なのである。人のためとは言いながら本心は自分の得になるこの発言に反対されると、血圧も急に上がり、熱も四十度近くとなり、二昼夜は下がらない。この症状は氷枕でしっかりと冷やす必要がある。

第二期は自分だけのショックである。有名な物語の中での主人公『無法松の一生』の松五郎が感染した病気である。美人の陸軍大尉未亡人に人知れず恋をするあれである。心に描く人は誰でもいる。それは森昌子の歌、『せんせい』にある心と同じである。それを息の下にもそんな素振りは見せず、かえって反対の態度で接したりするのである。こうした患者は時に同じ症状の男女が偶然にも一致することがある。この場合は道ならぬ恋のほかは急速に全治し退院できる。しかし宝くじに例えると一億円とまではいかないが、一千万円当たったぐらいの確率だろう。道ならぬ恋の場合はこの上もない不幸となることが多い。大人の遊びをするプレイボーイという人種は、この場合押しの一手らしい。もし断わられたらエヘヘーと笑って済ますだろう。これは自惚れ病ではないのだから本件には関係ない。それのできないヘボな奴はもし断わられたら、それこそ自惚れが一度にガラガラと崩れて重体となる。

だが、この種の人は断わられるまでにはいかない。申し入れる度胸がないのである。だいたいこの患者の症状は注意していれば分かる。いろいろと着かず離れず接近するが、その途中で相手に逃げられる。その場合のショックは親類縁者を呼び寄せるご臨終の直前である。だからそのような病気に感染する前に予防薬として、「独り言丸《がん》」を飲んでいる。この薬は良く効く。この特効薬の効能書に、文句を言う奴がいたらまだまだ立ち向かう自惚れがある。この自惚れには習慣性があり、効かなくなるともう薬がないらしい。そのために新薬の開発が待ち遠しい。その新薬として、さて次はなにを書こうか。これが、自称作家の自惚れである。

作家病真似症候群

最近、この種の病気が蔓延し出したようである。元来、この病気は小学校の落ちこぼれ族には先天的の免疫性があるらしく感染はしなかった。感染するのは主に灯台文学部卒のひ弱な体に限られていた。それがひょんな弾みで猫も杓子も簡単に感染するようになってきた。かくいう自称作家も現在この病気で悩んでいる。その症状はやたらと下手な文章が書きたいのである。プロではない一文の得にもならないことに苦労するなんて、なんとか特効薬が発見できないものだろうか。発見できたらノーベル賞ものだろう。

予防法は、直接触らなければ絶対に感染しないから恐れることはない。もし罹ったら命のある限り下手な文章を書くしか逃れられない病気らしい。今の薬では畑にでも行って汗でも流すしか効き目はないようである。今書いているのも軽い症状の表れなのである。これで四百字になったかな。

第二期症状

作家病はこのところ重症になってきた。いくら苦しんでも書けない。この症状は第二期なのだろうか。一文の得にもならない文章をなんで苦労して書いているのだろう。書かなければ楽しい遊びがなくなるからだろうか。そのとおり、こんな贅沢な遊びはない。遊びの種がなく苦労するなんて、自殺した有名作家が聞けば怒るだろうな。彼らもやはり書かなければいられない心境だったのだろう。でも自称作家とは大きく異なる。それは自分の納得のできる作品が書けなくなり、行き詰まった心境になったと思うのである。これはどのような名医でも助けることは不可能だと思う。俺が遊びで行き詰まり、死を選ぶなんて落語の種にもならないが、なんとなくその心境は分かるような気もする。四百字を書けたらどうだということはないが、追いかけられる心境は同じではないだろうか。俺はこれからも楽しく遊ぼうと思っている。これが正解だろう。

宝くじを買う

老人クラブの定例会のときである。親しい友の健一に智司は話しかけた。

「なんだか気になるなあ」

「お前にも気にかかることがあるのか、なにを心配しているんだ」

「応募した小説の発表だよ。馬鹿なことを気にするものだ。初めから駄目に決まっているのに。身のほど知らずという言葉があるが、そのものズバリが今の実感なんだ」

「入選しないとは限らないよ。それに誰も知らないからよいではないか」

「自分の綴り方を審査してくれた方々は知っているだろう。今その情景を想像すると送った作文がかわいそうでならない。目の前で笑われただろうからな。その内容がおもしろくて笑われたならまだよい。だが、笑える内容ではないんだからな。そうするとこんな綴り方をという笑い方になる。その場面を想像すると冷や汗がじわあっと出てくるよ」

「そうだなあ、半分読んで捨てられたかもしれないな」

「そうなんだ。ずいぶんと厚顔な年寄りと見られただろう。でも宝くじは買わなければ当たらないからな。一枚のくじに望みをかける馬鹿らしさは本人でなければ分からないからな。それに俺は劣等感で書いたアハハーと笑いとばせる徳人でもないから、忘れることもできないし、生きている限り思い出しては冷や汗を流すだろうな」

「そんなに気にするなら初めからやめたらよかったのに」

「楽しい遊びなんだやめられないよ。これからは書くだけで送らないことにするよ。早く今度のことは忘れたいんだが、徳人ではないからな困るんだよ」

「笑う奴には笑わしておけ。筆を持てるのもあと何年もないだろう」

「そうだ月日のたつのは早いからな。十年くらいはあっという間だなあ」

「それでよいんだ。初めから入選を期待しないなんて嘘になるだろうが、当たりくじを期待せずに買う馬鹿がいるものか。それで正解だよ。冷や汗なんか忘れて堂々と渡り合うことだよ」

なるほど、そうした考えもあるんだなあ。これからは思い付いたら、手帳にメモしておこう。良い題が思い付いても忘れる年となってきた。頭の体操はやらなければボケに一直線に走るだろう。また応募するか。宝くじを買うより楽しみだから。

自信作品

早いものだ。もう市民館の夜の勤めに勤めて三年になる。昼の間は畑仕事やら自称作家の仕事で遊んでいるから、あっという間に時は過ぎる。夜の勤めも戸閉りと火の番くらいの仕事で、連れのない正月より楽しい。最近この楽しい仕事をやめてはどうかと家の女たちが言うので困っている。

「もうやめたらどうなの。気楽に旅行に行ったり、夜の一家団欒も楽しいわ。いつもあなた一人いないから孫たちが寂しそうなのよ」

「お前たち勤めだから本当は家事を手伝ってもらいたいのだろう。洗濯物の取り入れ、風呂の掃除と女は忙しいからなあ」

「そんなことではないわよ。ねえ、お前」

と、内嫁を味方に引き込む作戦だろう。

「お爺さんの手伝いは御免だわ。食器の洗い方も手早いわりには粗相だわ。もう一度私が手をかけなければ駄目なのよ」

いい気なもので、助かる、助かるとお世辞を言うときもあるのに、

「よしそれならやめるぞ」

「なあに、お爺さんがやめるものかね。口だけだよ。あんな良い遊び場だから仕方ないね。もう少し遊ばしてやるかね」

と、諦めたようだ。そろそろ十時だ、風呂に入ろうかと立ち上がった。

話は異なるが私が市民館に勤めたころから、俳句に趣味のあるらしい人が、その自信作らしいのを十日に一度届けてくれる。ある日その人に感想を聞いてみた。

「なかなか良いご趣味をお持ちですね」

「いや、好きな俳句を作っていると、余念がなくてあっという間に時間が過ぎますね」

「今までずいぶん作られたでしょう。どのくらい作られましたか」

「数は出来ませんが、作るだけではね。だからこのように配達して皆様に読んでいただいているのですよ」

「そうですか。皆さん喜んで待っておられるでしょうね」

「そうですね。それはどうでしょうか」

と、いくぶん得意気に見えた。

「私も実はこうした物を書いているのですが」

とちょうどカバンに一つの作品を持っていたので取り出して見せた。

「ほう、それはいいね」

「私のも一度読んでくれませんか」

と恥ずかしいが言ってみた。

だが、ちらりと見たが読ませてくれとも言わずに帰って行った。なぜだろう、自分の俳句は読ませてくれとも頼まないのに配達しているのに。別にプライドが傷ついたとも思わなかったが、不思議でならなかった。そうだ、私の作品も人に読んでもらう場合には人の迷惑ということを考えなければと感じた。

実は一度断わられたこともあった。それは他人にではなく家の女たちにである。

「なによこんなもの、見たくないわ」

と、一蹴された苦い思い出がある。それに関連した話であるが、今回、中学二年生の孫娘が「家族」という題の作文で表彰された。めでたいことだ。よし俺も負けずに家族を題に書いてみるか、と自信作を書き上げた。

「おい、これがお爺ちゃんの書いた〝家族〟だ。読んでみろ」

と、差し出した。孫娘は黙々と読んでいた。変だなあ、おもしろく書いたつもりだが、と読む姿を観察していた。読み終えた孫娘は、

「これは嘘ばかり書いてある」

「どこが嘘なんだ」

「言葉が全然違うもん、家ではこんな丁寧な言葉つかわないもん」

と、すまし顔で言った。なるほどそのとおりだ。女の話は女言葉で書かなくては、素人の作文では男同士の会話のようにしか読めないのだ。だから自然と作り言葉で丁寧に書いていたのである。良いことを指摘してくれた、さすが表彰されただけのことはあると感じた。またこんな作品では人に読んでもらうなんて、おこがましいとも思った。そこに高校一年生の孫娘が帰ってきた。

「おいこれを読んでみろ」

「なにこれ」

と、手に取ってくれた。先に家の女たちに断られた苦い思いがあるので心配だった。読み出した途端にクスリと含み笑いをした。あれ、これは望みがあるかな、と思っている

うちに、

「うふ、アハハー」

と、声を出して笑い出した。ちょうどテレビで男の子が歌っていた。

「なんだ、こんな歌がおもしろいのか」

「いや歌ではない、これ」

と、原稿を振ってみせた。よかった、笑えるように書いたのだから。二歳しか違わないのに、こうも読む気持ちが異なるのだろうか、と思うと同時に自信も湧いてきた。よし今度は下の孫娘を笑わせてやろう。笑わせることができれば本当の自信がつくだろう。笑わさずにおくものか、待ってろよ中二。今日の晩酌はうまいだろうなあ。

家族編

家族の風景

朝のことである。健康の証ともいえる納めものを出すため、いつもの所に入っていた。バタバタと急ぐ足音が止まると同時にコツコツとノックの音もした。

「入っているよ」

誰だろうか、今入ったところなのに。今朝は一番らしい。次が待っているのではのんびりともしていられない。急いですまして出てきた。高校三年生の一番上の孫娘であった。

「なんだ、お爺ちゃんのあとか」

「お、運が良いな。俺のあとは臭くないぞ。レモンの香りがするぞ」

「なにを言うの、お爺ちゃんのあとが一番臭いのよ」

と、鼻をつまみながら、入っていった。早いものだなあ、長女に婿を迎えてもう二十年にもなるのか。娘二人を育て上げて一人は嫁に出し、今は勤めも定年で退職し、気ままにボケの防止のためにも頭の体操を兼ねて自称作家の真似事をしている。妻はこれも金儲け

には違いない、呑気な仕事勤めに通っている。おもしろいらしく、

「今日も行くのか」と聞くと、

「いいでしょう、私がいなくても」

と、まるで遊びに行くように申し訳なさそうに、嬉々として出ていく。なんの苦労もない毎日である。娘夫婦はサラリーマンで昼は二人とも留守である。高三、高一、中二の孫娘も学校通いでいない。妻は仕事先が目と鼻の先なので昼どきには帰ってくる。いつも二人なら残り物ですませる。今日は寒い。ほんの申し訳程度に畑に行き、体の体操をしてきた。早々と十時には家に帰り、今度は頭の体操の構想を練っていた。妻が昼で帰ってきた。いつものように残り物で二人で勝手に作り出した。私は昨夜の残りの味噌汁にうどんの白玉をほうり込んで、くたくたと煮込みにした。妻は、

「私はインスタントラーメンにするわ」

と、隣のコンロで始めた。

「家嫁はどこへ行ったの」名前は省略。

「俺は知らんよ、畑に行っていたから」

「嘘を言わないで、自動車は車庫に入ってるのに」

「バレたか、いつもの頭の体操を奥でしていたから気が付かなかったよ」

「どうせ、ろくな物も書けないのに」

娘は野菜センターに勤めている。そのために休みは土曜日なのである。そして今日はその休みの日なのである。妻は久しぶりに娘の据膳で食べたかったのか、不満の顔でもあった。

「でも温かい物が簡単に出来てこれで充分だわね」

「うん、なんでも手早く簡単に自分の食べたいものを食べるのが一番だよ」

「私はテレビの部屋で見ながら食べるわ」

「うん、しかし寒いから今ストーブを点けたところなのに」

「せっかくだけど、向こうに行かせてもらうわ」

と、ラーメンを提げて行ってしまった。食べ終わると高三の孫娘が帰ってきた。

「なんだ今日は早いなあ」

「今日は終業式だもん」

「そうだったのか、俺たち知らないで呑気なものだなあ。帰ると知っていたらなにか作っておいたのに」

「いいわ、私なにかで食べるから」

と、冷蔵庫を開けてガタゴトしていた。妻は通信簿を見ていた。

「見ても分からないわ、こんなもの」

なんと呑気なことだろう。自分の娘を育てるころは、その上がり下がりは子供以上に気にしていたのに。

「あなた見る」

「うん見なくてもいいよ」

孫は良い成績を見てもらいたいだろうに、そうこうしているうちに、娘が戻ってきた。

「あら、もう御飯食べたの、一足遅かったわね。上等の焼き肉を買ってきたのに。それではお父さんがいないからちょうどよかった、晩御飯のときにするわ。でもタコヤキなら御飯のあとでもよいでしょう。温かいから一つどうぞ」

「ありがとう。一つ貰うか」

そこへ中二の孫娘が帰ってきた。

「やあ残念だったなあ、ちょうどタコヤキを食べ終えたところなんだ。また買ってくるから我慢しろよ」

と空の箱を振って見せた。中二の孫娘はそんなこともあるものか、騙されないよといった顔で無言で入り、洗面所でカラカラとうがいをしていた。高一の孫娘はバレーボールのクラブで遅いらしい。

「昼飯の支度ならなぜもっと早く行かないのだ」

タコヤキはうまい。御飯のあとなのにまだ食べている。

「女の仕事はたまの休みでも次から次と忙しいのよ」

「そうだろうなあ、それで皆の休む昼休みに行ったのか」

と、多少皮肉めいて言ってやった。

「お爺さんも忙しいからよく分かっているわね」

と、これもまた負けない皮肉が返ってきた。高三の孫娘が黙っていればよいのに、口を出した。

「お婆ちゃんが、お爺ちゃんと二人の台所のほうが安気でいいって言ってたわ」

妻は笑いながら、

「タコヤキ御馳走さま。それでは行ってくるからね」

と、逃げるように遊びに出かけていった。晩飯が楽しみだ。うまい焼き肉が食えそうだ。

我がまま

この年になってまだ私は、我がままの心境が分からない。これは自分では分からないのかしれない。品行方正と思い込んでいるからだろう。だが、人の我がままはよく見える。あの人は我がままだなあと思える人が、私を見れば「なんとまあ我がままな、育てた親の顔が見たい」と思うことだろう。お互いだから自分のことは棚に上げて、我がままの見本はこんなものだということを考えてみよう。ある人がいたとする。その人は、衣類を脱げばそのまま散らかしておく。戸を開けたら閉めたことはない。それだけならまだよい。

「あれ、ここに置いた上着どこにやったの」

「散らかしてあったから、片付けたよ」

「まあ、いらんことを。今すぐ着るから置いてあるのよ。家だからそのぐらい自由にさしてよ」

それもそうだ。あまり締め付けるのは子供の教育に逆効果らしい。よし、その例に習って我が家もおおらかにしよう、と片付けないことにした。結果は三日たたないうちに、あちらこちらと衣類や新聞紙が散乱して足の踏み場もない有り様となった。

「まあ誰なの、こんなに散らかした人は。物を使ったら元に戻しておくのよ。それでなくても女は常に細々とした仕事がいっぱいあるものよ。皆で気を付けてくれなくては私一人ではどうにもならないから」

と、掃除をしながら次々と独り言を言っている。誰でもない。その人である。

また、戸を開けたら必ず閉めましょう、とも言う。それはよい、いつか私も言おうと思っていたことだ。これからは、戸の開放はない。ありがたい。しかし、その舌の乾かないうちに開けたまま出ていくのである。

「おい、言うだけでは駄目だぞ。戸を閉めていけよ」

「家に人のいるときは良いではないの。私は留守のときのことを言っているのよ」

こういう人にはなにを言っても無駄だ。また、

「門の側にゴミ袋が吊るしてあるから、表のゴミはその中に入れましょうよ」

なんのことはない、私が吊るした袋なのに注意だけはしている。朝、花の挿し替えで古い花が門の側に捨ててあった。その人が捨てたのであろう。

「おい、あの花、後で袋に入れておくからな」

「あっ、忘れてた」

そのまま片付ければまだ救いようもある。だが吊るしてある袋がいつもとは違っていた。

「あの袋はどうしたの」

「いっぱいになったから、捨てたよ」

「まあ、中身だけ捨てればよいのに、大きい袋は大切なのよ」

と、言いつつ、大きい袋を捨てた人が入れたらいいのだといった顔で入れない。そのままどこかに行くのだろう。自動車を出した。

「おい、花綺麗に片付いたなあ」

「まあ、うるさいなあ」

と、独り言を言いながら行ってしまった。また、

「ちょっとあんた、ここにしまっておいたハガキどこにやったの」

「俺は知らんよ」

「また嘘を言う。こんなところあなたしか片付けないわ。本当のことを言いなさい。大切なハガキなのだから。困る人だねえあなたは」

と、独り言を言いながら探している。たしかにそのハガキはあった。十日ほど前にテレビの上で埃を被っていた。十日も過ぎたのだ、もう捨てようと捨てたのは十日ほど前である。置いたというのは二十日前なのだろう。それを今ここに置いたように次々と小言が出てくる。

「本当に男はあまり細かいところに手を出さないで。私たちの仕事がやりにくいから」

と、勇ましい言葉が次々と出てくる。逆らうと一段と声が大きくなり、いつまでも終わらない。戦後女と靴下は強くなったというが、これは強いのではなく我がままなのだろう。

「まったくまあ、自分は仏さまとでも思っているのだから」

忘れる

あっ、眼鏡がない。ボケがきたのか大袈裟に言えば、ときどき肝を冷やすようなことがある。命より大切な老眼鏡なのだから、これがなくてはなにもできない。あちらを探し、こちらも探しもう探す所はない。

「おかしいなあ、変だなあ」

いつも置く所は全部探したのに見つからない。

「いつもテレビの上に置くじゃない、サイドボードの上は見たの」

「当たり前だよ、そんな所は何回も見たよ」

もう、そろそろ頭にきている。これ以上馬鹿なことを聞かれると、いくらおとなしい俺でも大声が出るかもしれない。積んである本の下などにあるはずもないのに、取り除いてみたり、もうお手上げだ、返事をする気にもなれん。

「ボケがきたのねえ、まだ若いのに」

「そうかもしれないな」

と、本気でそんな気にもなる。これは誰にも分からない気持ちだ。こうなると怒り出す。

「あれほど言うのに、いつも決めた所に置かないからいけないのよ」

「うるさい、決めた所に置いたのに無くなったんだ」

「置いたのなら、あるはずではないの」

と、いつもの口論が始まる。そうだ今日、大清水のスーパーに買い物に行ったとき、ポケットから財布を取り出し一緒に台の上に置いた覚えがある。あそこだ、なぜもっと早く気が付かなかったのだろう。一縷の望みが出てきた。そしてさっそくダイヤルを回した。

「もしもし、今朝買い物に行った者ですが、ちょっとお尋ねします。実はこれこれですが、表の勘定場に眼鏡が忘れてなかったでしょうか」

「少しお待ちください」

しばらくオルゴールが鳴っていた。

「あっ、もしもし、探してみましたが見当たりませんですが」

「ああそうですか」

と、再び奈落の底につき落とされる。

「えい、仕方ない、新調しよう。命を落としたと思えばなんでもない」

「もう少し落ち着きなさいよ、そんなに慌てないで。今日明日でなければ困る物でもないでしょうに」

「うるさいなあ、もう探しようがないんだ。あれがなくては陸に上がった河童だ。なにもできないんだ。新調するんだ」

と、支度をして一度表に出た。あっハンカチを忘れた、独り言を言いながら、サイドボードの戸を開けた。

「なんだ、あるではないか。誰が入れたんだこんな所へ」

大袈裟だが、地獄から極楽についた感じであった。

「あっ、許して、私がそこに入れて忘れていたんだわ、悪かった」

と、声をあげたのは家嫁であった。

「なんだこの野郎、あれほど人をボケ扱いにしたくせに。これからは気を付けろ」

「だって誰でも度忘れはあるものよ。さっき掃除したときホコリになってはと思い、しまったんだわ。ごめん」

と、すまし込んでいる。

見つけたとき一言、小言を言ったからもういいのだ。今日は俺が悪かったのではない。たびたびこんなことがあってはかなわないが、俺のほうが忘れることもあるから、まあ許してやろう。それにしても頭に血が上って良い体操になったわい。口笛を吹きたい気持ちで自称作家の仕事場に入った。

逆転

逆転満塁本塁打なんて滅多に見られるものではない。それも日本シリーズの七回戦目で三点リードされた九回裏で出たとしたら、一億円の宝くじに相当する確率ではないか。サヨナラした方はこれほど耳当たりの良い言葉はない。負けたほうは反対になんといやな言葉だろう。これとは関係はないが、前に書いた「家族」が思いがけなく家族の好評を得て気分が乗ったところで「忘れる」「我がまま」の二編を書き上げた。

書き上げたといっても原稿用紙十枚であるから、あまり偉そうには言えない。この程度で書き上げたなんて大袈裟な。それはさておき、今日も市民館の夜の勤めに出かけた。単に夜の勤めといえば夜の蝶を連想する。言葉が悪かったかな。今朝妻が仕事に出かける前にうれしいことを言ってくれた。

「あんたの書いた物、初めて読んだがおもしろいではないの」

「嘘でもうれしいよ。どうにか読めるようになったかな」

と浮き浮きした気持ちで日中を過ごした。今夜はなんの行事もない。なにもないと退屈だ。しかし頭の体操にはこんな良い雰囲気はない。シーンとした部屋で原稿を書くには最高だ。鉛筆で書いては消し、修正しながらまた考えてどうやら軌道に乗ってきた。夢中になっていると時の過ぎるのは早い。早くも閉館の時間となった。本来の仕事は怠ってはならない。もう一度念入りに点検してセンサーをセットし、心も軽く閉館した。家は目と鼻の先である。でも夜は寒いから自動車で通っている。まるで大名の仕事だ。たちまち家に着いた。愛犬のチビが尾を振り体をゆすり出迎えてくれる。

「おう、よしよし、待ってろよ。今餌をやるから」と頭を撫でて家に入った。

なんだか家の空気がいつもと違っている。

「今日は寒かったなあ、風呂に入ったか」

無言である。まあよい、と楽しみの晩酌を始めた。風呂に誰か入っている。今日は頭の体操に夢中で湯を入れ忘れた。誰が入れたのかな。妻が着替えを持って現れた。

「誰が入っている」

「うん私」と家嫁が答えた。

「なんだね、今ごろ」

「風呂の湯が入れてなかったから、今入れながら入ってるところなの。少し待って」

「なに、湯が入れてなかったのかね、お爺さんも困るねえ。自分のすることも忘れて、あんなことに熱中して、これからはほどほどにしてもらうかねえ」

そこに家嫁が出てきた。

「本当に我がままで困るねえ。それに私も忘れっぽくて」

と、大声で言っている。なんだこれは「我がまま」と「忘れる」の二編を読んだのだろうか。驚くとともにうれしかった。

「俺の作品を読んだのか、これからはいつでも読めるようにして置いておくからな」

「どうせ読ませるなら、もう少し意味の分かるように書いてくれんかなあ。あれではなんのことやらさっぱり、分からんから」

「ケチをつけるな、分かっているくせに。それで機嫌が悪かったのか」

「食べたあとは洗っておいてね。いや洗わなくてもいい、粗相に洗うから」

「なにを言う。いつも洗ってもらって喜んでいるくせに、そんなことを言うとまた書くぞ」

「ひゃあ、お爺さんの遊びの種になるには御免だ、アハハー」と大声で笑った。

妻は夕方五時に帰り、なにもしなかったらしい。我がままの内容に怒れたのだろうか。

テレビの前に釘づけで飯を食べただけで、風呂の湯も入れなかったのだろう。これでは勤めのころの俺と同じだ。縦の物も横にしなかったからな。これでは粗大ごみか、漏れ落ち葉ではないか。立ち場が逆転したのではないかな。

でも、巨人が逆転満塁本塁打で負けた悔しさはこんなものではないなあ。

巨人ファンの心境

憂鬱だ。新聞も読む気になれない。もうやめたらいいんだ。夢中になり騒ぐ奴がいるから困る。そ奴の名は日本シリーズである。ちくしょうめ、西武の野郎覚えていろよ。なにも怒ることはないだろう、損をしたわけでもないのにと思うかもしれないが、この気持ちは巨人ファンでなければ分からない。なにをするにもおもしろくない。今年は俺から喜びを取り去ってしまった。去年の今ごろは薔薇色で悲しみも苦しみも、空の彼方に飛んで行っていたのに、あんなこともうやめてしまえ。新聞もテレビも見てやるものか。胸糞の悪いことこの上もない。本当のファンは試合を見るのが恐いんだ。翌日、結果をチラリと見て巨人が勝っていれば、手当たり次第に新聞を替えて読み、テレビは何度もチャンネルを替えて勝つシーンを見るのに今年は一度もそのシーンは見られなかった。もう早く忘れるんだ。そして出版に力をいれるんだ。ちくしょう、西武の野郎覚えてろ。（自称作家）

五人の女の子の話

我が家は女系家族なのだろうか。娘二人に孫も女の子三人なのである。健康なのだからそれでよい。娘二人もそれぞれの人生を歩き出して二十年近くになる。そこで、娘夫婦に妻と孫三人に囲まれた幸せな暮らしを振り返ってみることにする。

昭和二十四年に長女が生まれ、そのころは家の近所に子供はなく、まるで皆の仲間の子供のように大切にされた。夕方や昼には近所の人々が集まり子供を囲み歌を歌い、それに合わせて奇妙な腰つきで踊るしぐさをする一歳の娘に、やっと平和がきたと心を和やかにし笑いが絶えなかった。そのころ、歌を歌った老人は今はない。生きていれば百歳を越えているだろう。

その娘が小学一年生になると同時に次女が生まれた。その娘も今は三人の子持ちとなった。次女も健康に育ち二人の子持ちとなった。今までのところ万々歳である。五十歳を少し越えた年齢で初孫が生まれ、その孫はもう高校を卒業する年齢になった。一番下の孫は中学二年を終えようとしている。この宝は誰にも渡したくない。また、年を取ってもらいたくないというのが偽らない気持ちである。

娘を嫁に出すとき一番寂しいのは父親だというのは流行語のようなもので、誤りだと思う。この男なら娘が幸せになれると感じたら無理にでも嫁に出すのが父親なのである。そのときは泣いて恨まれても後日「よかった、あの人で。ありがとうね、お父さん」と喜ばれるのが父親である。孫に対する可愛さは本当の宝物の可愛さだ。どんなに幸せが待っていようが、誰にも渡さず自分一人の宝として独占したい、という気持ちなのである。だが、いつしか別れなければならないときが来るだろう。今からそのときが心配である。

「行って参ります」

と、今日も元気に出かけたが、果たして無事に帰ってくるだろうか。

人生航路

早いもので市民館に勤めて三年過ぎた。五月末ともなると日も永くなり、同じ勤務時間でもなにか得をしたような感じで早く帰ってきた。

「今日は暑いな、冷たいのがあるか」と冷蔵庫の扉をあけた。カチンと栓を抜きグッグッグワッと泡の音とともにグラスに注ぎ込んだ泡がテーブルに溢れ、慌ててグイと口に流し込んだ。

「うまいなあ、これからはこれに限るなあ、お前も一杯やれよ」

「なに、いらないの」

「うんちょっと多いと思うんだ」

「最近弱くなったのねえ、どうしたの」

「歳だからなあ、用心して控えているんだ。以前はこんなの酒だとは思わなかったのになあ。なんとなく寂しいよ、飲めないことは」

「それでは少しいただくわ」

家娘がコップに半分ぐらい飲んだと思うころ、電話が鳴り出し、近くにいた嫁がとった。

「もしもし鈴木ですが。はい、います。ちょっとお待ちください」

「おおい、薫さん」と、二階に向かい大声で呼び上げた。

ガタガタと階段を降りてきた孫が話し出した。私には関係のない電話なので娘に話しかけた。

「トマトがたくさんあるなあ、どうしたんだ」

「山田さんに貰ったのよ」

と、返事はしたが、私の話より孫の電話に耳を傾けているようだ。

「風呂に入ったか」

「……」無言である。耳は孫の電話の方に集中している。

「今日は体操があってなあ」

「あっ、ちょっと待って」と、電話は肝心なところに入っているらしい。

「誰か死んだのかしら、お通夜なんて言ってる。あれ自殺だなんて」

と、次々に独り言を言っている。私もここに至り、なにか重大な事件があったんだなと飲むのも忘れ気を取り直した。孫がなにか緊張した顔でこちらに来た。

「なんだ誰が死んだのだ」

私のことは耳に入らないのか娘に、

「お通夜に行くんだけれど送ってくれる」

「それは大変だねえ、今から行くの。送ってあげるよ」

と、俄に家が騒がしくなってきた。そのうちにまた電話が鳴り出し、私には誰がどうして、どうかなったのか見当もつかなかった。分かっているのはビールを飲んだ娘が送って行くことだけであった。

「やい、いかんぞ警察官の妻が飲酒運転は困ったなあ。俺も飲んだし婆さんでは夜で心配だし、どうする」

そうだ、肝心の孫が免許をとったのを忘れていた。

「おい、薫に運転させ、お前側に乗って行ってやれ。それなら違反にならないから」と、てんやわんやの大騒ぎとなった。孫は、

「いいわ、弘子さんのお姉さんが送ってくれるから」

と、今ごろ肝心なことを言い出した。やれやれ、それなら一安心だとまた忘れていたビ

ールを飲み出した。

「なんだ、誰が死んだのだ」

「薫と中学時代の同級生で、今年高校を卒業した山崎さんらしいの」

と、いつの間にか卒業アルバムを広げて探していた。

「あっ、この子、山崎って一人しかいないもの」

と、男の子を探し出した。

「おとなしそうな子だなあ、どうして死んだのだろう」

「分からないけど今、河合塾に行っているらしいのよ」

「そうか、受験ノイローゼなのだろうな」

と、初めて実態が掴めかけてきた。

「そういえば今年、豊橋の子で東大に入学して一週間後に自殺したと新聞に載っていたが、せっかく入ったのにどうしてなんだろう」

「私も見たわ。俺は人生の敗北者だって書き置きがあったと載っていたわ。東大に入ってなにが敗北者なんでしょうね」

「分からんな、その気持ち。心が平静でなくなったのだろう。なにがなんでも東大と追い立てられていたのと違うかなあ。そんなときには一年休学させて、アメリカのホームレスのように自由に遊ばせてみたらどうだろう。仕事は神聖だ、気にいったらなんでもして自立の心を養ったらいいだろうに」

「そうね、恐いわね。勉強一途ではそうなるのかねえ。頭が壊れて『いろは』のいの字も分からなくなったでしょうかねえ」

「そうだろう、そこまでやらなくてもよいのになあ。死ねば終わりなのに。ところでお前、薫にお通夜の挨拶のしかた教えてやったか」

「そんなこと教えなくても知ってるわ。お爺さんより大人の話し方を知ってるわ」

「そうか、這えば立て、立てば歩めの親心、というが爺の心はそれ以上なんだ」

実際に私も突然の通夜の挨拶はシドロモドロになると思う。孫もそうではないかと心配したが、俺よりも上なのだなあと感心しながら寝床に向かった。そこに孫が帰ってきた。

「おい、どうだった」

「……」無言である。まだショックは抜けていないようである。孫が手を洗い、それではと二階に上がろうとしたとき、私が、

「おい、薫ここへ座れ」

と、呼び止めた。孫はなんだろうと足を止めた。それを、

「なんだねお爺ちゃん」と娘が遮った。

「なあ薫、人生は長いんだ」

と、話し出したら娘が目で止め、首を振った。言ってはいかんというサインのようであった。私は黙ってしまった。孫が二階に上がるのを見届けて、

「あの子はしっかり者だからいいの。あまり言うとかえって動揺するわ」

「そうかなあ。人生航路の初めてのショックなのだから心配なんだ」

「大丈夫なの。あの子はお爺ちゃんよりしっかりしてるわ」

翌朝、孫の顔は明るく、お爺さん心配しないでというような目をしていた。私は、娘よよくこれまで育てたなと、ありがとうと心の中でお礼を言った。そして、これからの長い人生頑張れよと心から孫に祈った。

言葉遣い

「どうだった病院は」

昼、顔を見るなり妻が聞いた。やはり口では強がりを言っても心では心配なのだろう。

「おう、いつも満員と聞いていたので、昼ごろまでは待たなければと思ったが、込んでいるのは内科だけだ、内科は病人が多いんだなあ。少しぐらい我慢すればいいのに。外科は閑古鳥が鳴いとったよ」

「それで、あんたの診断はどうだった」

「うん、あの医者、他人の尻だものだから、見るなり、いやあ、酷い痔だなあ、と言ってここは痛いかと押すものだから、飛び上がるほど痛かった。それだけならまだいい。またグウーッと押し込みやがるものだから、思わずヒェーッと悲鳴をあげたよ。ひでえことをしやがるものだなあ」

「あれほど言うのに常日ごろ気を付けんから駄目だよ、あんたは。もう酒はやめるんだね」

「なにを言う、お前も尻を切ったことがあるくせに」

「それで、もう良いのかね」

「良いも悪いもまだ一度診てもらっただけだ分からんよ。困ったことが一つある。刺激があるから酒をやめろ、とぬかすんだ、あの医者め」

「あんたはなんという言葉をつかうんだね。もう少し丁寧に喋れないのかね。人に馬鹿にされるよ、そんな風では」

「なにをぬかす、これで悪ければ聞かなくてもいいんだ」

「あんただけではない、私も困るよ。その言葉は、聞く人の側にたっても馬鹿にされているように聞こえるよ」

これが我が家の会話である。歯に衣を着せぬというが、それとはちょっと異なるのではないだろうか。また、男言葉と女言葉ははっきりと分かれている。その中で二通りの言葉がある。裃《かみしも》を着た侍《さむらい》言葉を現代風にすると、

「痔がお悪いそうですが、病院で診察なさいました?」

「はい診ていただきました。年甲斐もなく恥ずかしいやら痛いやらでたいへんでした。先生もご苦労なことですね。不潔な人の尻を診るのですから。でも仕事だから見ないわけに

はいかないでしょう。ちょっと反応を確かめられてグッと押さえられたように感じました。それは痛かったですねえ、見られるところが尻ですから。これからは気を付けますよ。酒も慎むように言われました。本当ですね、これからはやめようと思います。病気でなければ、このようなことはできませんでしょうね」

となる。これは背広を着る人の言葉だろう。菜っ葉服に長靴ではちょっと合わないのではないか。そんな言葉をつかうと人が聞けば芸人ぽい人に見えるだろう。魚も水に合わないと育たない。清流に棲む鮎は泥池では育たないのと同じだ。


「やい、ここにあったアロエ軟膏はどこへしまった」

「ちょっとあんた、まさかあそこに塗ったのではないだろうね」

「馬鹿を言え、誰があんなところに塗るものか」

「塗っていいんだよ、これはよく効くから。でも顔にも塗るからねえ」

「たとえ塗るにしても、そのまま塗る馬鹿があるものか」

「見ていなかったからね。分からんよあんたのことだから」


やはり野に置け蓮華草である。お蔭で尻もだいぶ良くなったわい。

雨

さあ書きはじめてみるか。机に向かい原稿用紙を前にペンのキャップを取ってみたり、また閉めてみたり、ここまで書いて筆が止まってしまった。受け付の窓口に片肘をつき、頭を支えながら見るでもなく部屋を見回してみた。だれもいない地区市民館の事務室は時をきざむ時計の音のみが、コッチンコッチンとだるそうに音を立てている。古ぼけた、金華山織りの黄色というより、むしろ茶色に変色した応接セットが、昔はこれでも市長室で大臣が腰をかけたこともあったんだと言いたげに、でんと五点セットでならんでいる。ときおり砂利道を走る自動車のバラバラゴウという音が唯一の騒音である。

「どうしよう」

「やめたほうがよいだろう」

と、もう一人の自分が頭を持ち上げてきた。

「でも昨年書いた『生きる』を見て、本当にお前が書いたのか、盗作ではないだろうなと、評判が良かったではないか」

「お前はお人好しだよ。誰も人の作文を読んで、目の前でけなす者はいないよ。本気で真に受けないほうがよいと思うよ」

「でも素人の小説を募集しているのだから」

「それが甘いというんだ。お前の小説ではまだ素人の中にも入れないよ。あれは小説ではなく綴り方なんだ。演劇に例えれば幼稚園のお遊戯会にも劣ると思うよ。それに審査する大先生方はプロの作家なんだ、お前の綴り方など目を通してくれないよ」

なんだか書き出す前から劣等感が先行して困ったものだ。それなら応募はやめ、暇つぶしに思いのままを書いてみることにする。

数十年前の思い出だが『戦場にかける橋』という題の本を見たことがある。読んだのではないので内容は知らない。なんでも聞いたところによると、第二次大戦のビルマの戦場で苦労して橋をかけた話らしい。別に気にとめていたわけではないが、妙に頭の隅にこびりついているから不思議だ。

「よし題が気にいった、なにかにかける橋としよう」

「題など文章が完成してからでよい。簡単に五十枚の文章が書けるかどうかが問題なんだ」

と、またもう一人の自分が頭を持ち上げてきた。

「うるさい。一日で完成しようと思うから書けないのだ。今年の十一月までだ。一日一枚ずつ書いてもよいのだから黙っていてくれ」

「十一月どころか、お前があの世に行くまで書いても完成しないだろう」

「おっ、そうだ。あの世に橋をかけてみよう。良い文が書けるかもしれない。しかしなんだか、あの世では、お伽噺のようだ」

『涅槃《ねはん》』ならどうだろう。意味は分からないが、どうやらあの世らしい感じがする。なんだか舌のまわり、いや筆のすべりが良くなったようだ。調子の出たところで本題に入ってみよう。

私は無心の境地で雨を眺めていた。雨は音もなく降る春雨のようである。小雨の降る道路は人通りも少なく、ときおり傘を持たぬ人が足早やに歩いている。別に珍しくもないこの光景が、今はなにか物悲しいというか寂しいというか、心の底になにか憂いが漂ってくる感じである。どこかで幼児が泣いている。空腹か、体のどこかに不快があるのか、親を求めているのは確かだろう。いつも何事もなく見えるこの光景が、今はなにか別のもののように見えるのはなぜだろう。人は一生の中にはこんな思いに耽るときもあるのだろうか。

さほど遠くないところに一軒の家屋が見える。数十年前に改築された家である。これは私のまだ見ぬ母みつの生家なのである。改築時は終戦直後で、屋根に葺かれた瓦は昔のままの古瓦である。おそらく二百年ぐらいたっているだろう。見るともなく雨を見ていた私は、この家屋から亡き母みつの面影を追っていた。

《みつ物語》

今朝はいつもより早く目が覚めた。夜の明けるのを待ちかねて、枕元の時計を見た。五時少し前である。今日は小学校の卒業式である。昨夜、折り目をつけるために母が丁寧に寝押しをしてくれた晴れ着が気になり、床を出て触れてみた。

一年に一度の晴れ姿である。赤い縞模様の袂の着物と小豆色の袴である。白足袋も枕元に置いてある。思わず頬ずりしたい気持ちを押さえながら表に出てみた。三月初めではまだ肌寒く、新しい藁草履に微かな暖か味を感じる。天気はこのめでたい日を祝うかのように快晴である。

昨夜から晴れていたのか風もなく、空気は湿りがちである。空はやっと明るさが広がってきた。みつは素肌に赤い腰巻きと紅色の花模様の寝間着のままである。井戸端での水汲

みの釣瓶《つるべ》の音が聞こえてきた。母、みやが起きたようだ。みつはゆっくりと井戸端に回っ

てみた。物置の陰から黒猫が飛び出したのでハッとした。

「お母さんお早よう」

「おやもう起きたの、珍しいわね。みつの早起きなんて今日は雨になるかもしれないわね」

「いやよ、雨なんて今日はうれしい卒業式なのよ」

母は心地よい音を立てて米を研いでいる。釜にあたる米のシャリシャリという音が寒気にあたっているみたいだ。

「卒業式ってそんなにうれしいの、卒業してもまた高等科に入るのだから同じではないの」

「お母さんは大事なことを忘れているわ」

「えっ、大事ってなんだろうね。私にはさっぱり見当がつかないわ」

「いやあ、今日は晴れ着が着れるじゃないの。こんな大事なことを忘れては困るわ」

「おやそうだったわね、それで天気が心配で起きたのね。雨が降れば着れないからね」

「そうよ、もし雨だったら私、どうしようかと思ったわ。これぱかりは、どうしようもないことだけれど、晴れ着が着れないなんて、悲しいわ」

「それではあなたは花より団子なのね」

「そうよ、私、花と団子とどちらを取るかといえば、団子を取るわ。特に餡こでまるめた団子が大好きよ」

母は米を研ぎ終わり、釜をさげて歩き出した。みつも続いて歩きながら、

「しかしなんで卒業式に団子の話が出てくるの。おかしいではないの」

「それは例え話でね、卒業式より着物、つまり着物が着れるから卒業式がうれしいということよ」

「あらそういうことなの。まさしく図星だわ。私本当は晴れ着が着れるから、うれしいの。しかし良いことを覚えたわ。一つ利口になったみたい」

「そうよ。これからは、高等科に入るのだから、いろいろの常識というか、机の上の勉強だけではないのよ。しっかりやってね」

と、歩きながら答えて家の釜屋に入った。当時は小学校は四年生で卒業であった。今思えばかわいそうな気もするが、卒業と同時にみな奉公に出ていたのである。今の子供にそのようなことができるだろうか。

「はいはい分かりました。これからはお母さんの仕事もしっかり勉強するわ」

みつも続いて釜屋に入っていった。釜屋というのは今は知らない人もいると思うが、台

所のことである。食べ物の煮炊きをするところであるから、柱壁などは真っ黒になっていた。今でも都会の料理店で見かけることもあるが、懐かしいものだ。母は、かまどの前に小さな箱を引き寄せて腰を下ろし、松の枯れた小枝をパチパチと折り火をつけた。めらめらと赤い炎がたち、煙が部屋に広がった。目が痛い、さてこれからどうしよう。

「いつまでもそんな格好でいると風邪をひくよ。起きているなら着物を着替えておいで。でも晴れ着はまだ駄目よ、汚れるから」

みつはもう一度寝ようと部屋に入った。妹さわはよく眠っている。ちょっと起こしたぐらいでは起きそうにもない。起こせば大声で怒るだろう。さわの頬を指先でつつき床に入った。暖かい温もりが体を包みまた眠くなってきた。母の仕事も大変だなあと思っているうちに眠りに入った。

「みつはまだ寝てるの、起きなさいよ。さわはもう御飯を食べているわよ」

母の声に飛び起きた。時計を見れば七時半を回っている。大変だ、遅刻するかもしれない。

「なぜもっと早く起こしてくれないの」

「早く起きたくせに、なにを言っているの。また寝るのはよいが、眠ってしまうなんて、あなたが悪いのよ。気を付けなければ駄目よ」

実はみやも、みつのことは忘れていた。あのまま起きてなにかをしているものと思い込んでいた。みつは、あたふたと布団を畳み晴れ着に手を通した。

「駄目よ。御飯を食べてからでなければ」

「なぜいけないの」

「こぼしたら汚れるでしょう。分からないの」

「御飯なんかいらないわ」

「またそんなことを言う。食べなければ学校へ行ってはいけません」

急いで寝間着のままで食卓についた。

「まあ顔も洗わないで食べるの」

「早起きしたとき洗ったわ」

「嘘は駄目よ。私が一緒だったから、ちゃんと見ていたわよ」

「うんもう、遅いときぐらいよいではないの。お母さん厳しいから嫌い」

急いで井戸端に行き顔を洗ってきて、食べはじめた。早く食べようと思えば思うほど、喉につかえて食べられない。面倒だと味噌汁を御飯にかけてざぶざぶ、とかっこんだ。

「女の子がそんな食べ方をして行儀がわるいわ。もっと静かに食べなさい」

「それでは遅刻してしまうわ」と残りを、さっと口に流し込んで、

「もういいの、御馳走さまでした」

今度はなにも言われなかった。急いで待望の晴れ着に手を通した。

「駄目、下着から替えるのよ。まず足袋を穿きなさい」

母は新しい下着を取り出すため、箪笥の引き出しを引いていた。

「さあ、これから替えるのよ」

と、置いてまた釜屋の中に入っていった。

「おっ、元気がいいな。大きな尻をしているね。もう子供ではないな」

伝作の声にみやは振り返った。

「まあいやね、あなたは女の子なのよ。人の前でそんな格好をするものではありません」

みれば、生まれたままの姿に足袋を穿いていた。

「お父さんもお父さんですよ。娘の裸を見て喜んでいる親がありますか。もっと父親らしくしてくださいよ」

母は泣き出さんばかりに声を張り上げて怒っていた。それにしても変だわ、昨日隣の小

母さんが来たときに私の乳の膨らみを見せたら、母と二人で笑いながら、

「もう一年もたてば、恥ずかしがって見せてもらえないのにね」

と、言っていたのに。みつは不思議に思っていた。父は、

「そう怒るなよ、もう一年もたてば自然に分かるときが来るよ」

と、言って笑った。やはり母と同じことを言っている。大人というものは分からないものだ。晴れ着を着て袴を穿いた姿はみつらしくなかった。どこか気品のあるお姫様であった。

「馬子にも衣裳だな」

父も可愛くて仕方ないような顔で見ていた。

父伝作は背が高く体格の良い、まるで相撲取りのような男であった。しかし体格のわりには優しかった。だが怒ると一本気で自説を曲げない頑固者でもあった。向かいの家に父の弟の良作が住んでいた。その良作の子にみよちゃんがいた。妹のさわと同じ二年生である。色は黒いが目の美しい二重瞼の子であった。すなおで物覚えがよく、みつのお気に入りの子でもあった。

さて、晴れ着を着たみつは釜屋に入っていった。

「綺麗な晴れ着を着たんだから、狭い所に入っては駄目よ、汚れるから」

母の言葉になるほどそうかもしれない、と思った。うるさいようでも母はよく気がつ付くものだ。突然、父が大声をあげた。

「あっ、鍋の墨がついたぞ。どうするんだ。汚れた着物は着て行けないぞ、早く着替えないと遅刻するぞ」

と、顔をしかめてみせた。みつは顔色をかえてそこを見た。そのときの顔は二度と見られない顔であった。着物は汚れていなかった。これはいつもやる父のからかいであった。

「お父さん驚かせないでよ。転んだら本当に汚れるわよ」

父はそんなことには耳もかさず、「あっ、また汚れた」と、大声をあげた。みつは反射的に一歩動いた。

「まあ、いけないというのに、さあ早く行きなさい。またお父さんがなんと言って驚かすか分からないわよ」

みつは妹を促して出かけた。白足袋を穿いた足には新しい草履は履きづらい。爪先をとんとん、と地につけて叩いて履いた。

「あっ、そんなことをして履いては駄目よ。草履の鼻緒を緩めてから履きなさい」

そんなことは聞こえても、面倒だとまた左足もとんとん、と叩いて履いた。

「まあ親の言うことを聞かないで困る子だこと」

母の声を聞き流して、門前に出ると従姉妹のみよちゃんが待っていた。

「まあ、みつ姉ちゃん綺麗」

と、大きな目を一段とまるくして見た。みつは得意であった。今日もまた成績優秀の賞状を貰えることだろう。毎年受賞している、みつはそのことは気にならなかった。

「行ってきます」

と、元気な声をあとに三人は学校に向かった。

高等科に入学したとしても、今の小学五年生である。幼い少女には違いない。遊びは男子とでは異なっていた。女子の遊びは毬つき、お手玉と主に室内であった。外では縄飛びぐらいのものであった。現在では女子もソフトボールなどで男女一緒に遊んでいるようだが、当時は一緒に遊ぶことはなかった。学校で行なわれる学芸会でも男子と手を取り合う場面などはみな嫌ったものであった。その反面、男の子に憧れていた女の子も多かった。

高等科三年に邦夫という少年がいた。背が高く、ちょっと見たところではおとなしく、人前では話もできないような子であった。しかし頭は良く、成績はいつも首席であった。野球の選手としても大活躍で、今でいう文武両道の見本のような子であった。

貧しい小作農の松三の子で、三人兄弟の真ん中の子であった。成績の良いのが幸いして生活の苦しい中から高等科に通学させていた。その邦夫がみつの憧れの的であった。掃除当番が終わったあと、明日の行事の打ち合わせのため山本先生に呼ばれたみつは、遅くなってから一人で家路についた。

校庭で行なわれている野球の練習を横目で見ながら、あの中に邦夫がいるであろうと思いながら校門を出た。いつも何事もなく通る人影のない畑道に差しかかったときである。突然、大きな黒犬が飛び出してきた。ワンワンと吠えながら歯をむき出して、みつの周りを回りながら今にも噛みつきそうである。必死の思いで腹の底から絞り出すような悲鳴をあげた。怯えた目で犬を見ながら顔は恐怖に引きつっていた。誰か助けてくれないか、そんなことは考える余裕はなかった。そのとき、一人の少年が駆けつけてきた。邦夫であった。助かったと思ったが、それが誰だか分からなかった。少年は拳ほどの石を拾い犬に投げ付けた。石は当たらなかったが犬は一目散に逃げていった。

みつは泣きながら少年に抱きついた。なにを言っているのかも分からず、とにかく助かったうれしさと安心感でいっぱいであった。気が付いたときは邦夫と向かい合って立っていた。邦夫はみつを庇うように言った。

「危なかったね、みっちゃん。君が逃げなかったからよかったんだ。もし逃げていたら足を噛みつかれ転んだだろう。そして喉を噛みつかれて命を落としていたかもしれないよ。間に合ってよかったね」

邦夫も興奮がさめず、息を弾ませていた。

「本当なの。私犬が好きだから、今まで犬が怖いと思ったことなかったわ」

みつはまだ怯えて、あたりを見まわしていた。

「それはいかんね。野良犬はそんなに甘くないよ。いつだったか記憶にないが、本で読んだことがあるんだ。夜遅く、一人歩きの老婆が野良犬に食われたことがあったんだ。そのときは野良犬の集団で五匹ぐらいいたらしいがね」

みつは震えてきた。犬がそれほど怖いとは知らなかったからである。二人はいつの間にか肩を寄せ合って歩いていた。

「明日、この道が通れるかしら」

「一人で通らなければ大丈夫だよ。もし襲われたら逃げないで、犬から眼を離さないことが大切だよ。そして、すきを見て石を投げる動作をすれば一番だよ。石など投げられなくても、投げる真似だけでも犬は逃げていくからね」

　さすがに男の子である。どこで知ったか犬に対する知識は深いものがあった。

「邦夫さん、野球の練習ではなかったの」

「うん、そうだよ、しかし今日は親父の用事で田原へ行かなければならないのでやめてきたんだ。さっき、みっちゃんが帰るのを見ていたが、一緒に帰ることもできないので少し遅れてきたんだよ」

「それで私助かったのね。運が良かったわ。もし練習していたら、どうなっていたか分からないわね。本当によかった、ありがとうね邦夫さん」

「そうだ、よかったね。たまたまぼくが運良く通っただけで、礼を言われるほどのことではないよ」

　当時は男女が一緒に帰ることすら気にしていた。見られたら傘の下に邦夫、みつと書かれた落書きがそこらにはりめぐらされるからである。今日はそんなことは気にならなかった。逞しい兄ができたような思いであった。

　事件後、邦夫と話をする機会を狙っていたが、その機会はなかった。邦夫が避けているような感じであった。寂しい思いを募らせていたが、いつしかほかのことに追われ、忘れかけていた。

高等科一年の時代にまた一つ大きな思い出に残ることがあった。その原因は高一の掃除道具の置いてある部屋が、ものすごく汚れていたことにあった。五坪ほどの土間の片隅に竹箒やちりとりなどがうず高く積まれ、部屋の半分ぐらいは狭くなっていた。みつはこれを見て、

「道具部屋がこれではいけないわ、皆で掃除しましょうよ。なにを言われるか分からないわ、気を付けなければ」と、女生徒に呼びかけて掃除を始めた。これを見た男子生徒も協力して三十本ほどの竹箒を釘を打って掛け、塵一つ落ちていないまでに綺麗にしたのである。担任の山本先生も、

「よくやった。汚れの伝統はこの級で終わりにしよう」

と、言って喜んでくれた。事件はその一ヶ月後に起きたのである。

朝礼のとき、去年高一の担任をしていた、セメンダルという渾名のある山田先生が、なにを思ったか高一の道具部屋に振り向き、指で指しながら、

「あの部屋の汚れはなんだ」

と、一段と声を張り上げ得意気に注意した。みつらは、あっけに取られなんのことやら

初めは分からなかった。しかし時がたつにつれ怒りがこみ上げてきた。誰も山田先生に文句を言う者はいない。担任の山本先生も渋い顔をして黙っている。こんなでたらめな注意があるもんか、誰かなんとか言って出るだろう。しかし誰も出ない。朝礼は今まさに終わろうとしている。たまりかねたみつは、つかつかと前に出ていった。

「先生、いつ見られたのですか」

その剣幕に驚いた山田はちょっと不安な顔をした。事実、見ていないからである。だが、注意した以上は引き下がれないし、強引に朝礼を終わろうとした。担任の山本先生はいまだに黙っている。みつは仕方がないと校長の前に立った。

「どうしても見てください。私たちは汚してはいません。見ていただきます」

と、申し出た。山本先生も来て、

「もうよいではないか。汚していなければ」

「いけません。真実を判然としなければなんのための学校だか分かりません。見てください」

これには校長も動かざるを得ない。

「よし、それでは私が見よう」

すでに全校生徒は教室に入り、残ったのは高一の級だけであった。結果、山田先生はなんと言い訳をしたか、また、なんと注意されたか、みつは知らなかった。みつは、このように天性の用心深さと負け嫌いの気が漲っていたのであった。

高一も終わりに近づいてきたある日、いつとはなしに忘れていた邦夫に突然声をかけられた。

「俺、高三で学校に行けなくなるんだ。君とも別れなければならない。別れるといっても顔がみられなくなるだけだけどね」

邦夫は寂しかった。妹以上に思っていたみつとも会えなくなるからである。思えば今日までにも、たびたび話をする機会はあったのに、勇気のなかったのが悔やまれてならない。今みつが、こんなに身近に感じられるとは思いもよらなかった。不覚にも涙がにじんできた。男だ泣いてはいかんと堪えても、どうすることもできなかった。

「なぜ、どうしてやめるの」

みつも心で慕っていた邦夫のことである。だいたいのことは察しがついていたが、聞いてみた。返事を聞くのが怖かった。

「俺仕事をしなければならないんだ。家の都合でね。せめて高等科は卒業したいけれど、兄は小学四年で卒業しているし、あまり無理は言えないんだよ」

やはりそうだったか。松三がどうしても生活が苦しく学費が出せず退学させるとのことであった。兄の手前、邦夫も親に甘えるわけにはいかないのだろう。みつとしてもどうすることもできない。邦夫は当時としては難関な電力会社に就職が決まっていた。

「また会うときもあるでしょう。いや、きっと会うと約束して」。みつは人目もはばからず邦夫の胸に顔を伏せた。邦夫はしっかりと小さな肩を抱き、声も出なかった。なぜこんなに二人は引きつけられるのだろうか。こうして一度目の別れは終わった。

高四の夏が来た。女としての羞恥心と女らしい体つきもできて、学校の成績もぐんと上がってきた。これは天性の頭の良さからで、また無類の勉強好きでもあったからだ。

ある日みつは担任の若いハンサムな井上先生に、ちょっと職員室に来るようにと声をかけられた。何事だろう。悪いことではないのは確かであるが、なんの用事かは想像がつかなかった。当時は高等科卒業と同時に嫁に行く娘もあった。まさかと思ったが、それもないともいえない。皆も人のことが気になるらしく、

「きっと求婚だわ、羨ましいわ」

と、冷かされもした。体は一人前でも心はまだ子供である。ビクビクしながら職員室に

入っていった。井上先生と校長先生がニコニコ笑って待っていた。校長は、

「やあ、みつ君、立派な娘になったなあ。お父さんも喜んでいるじゃろう」

ほらきた。なんだろう次の言葉は。みつは無言で校長の顔を見つめていた。

「話というのはなあ、みつ君。君、師範学校に行く気はないかね。君なら立派な教師になれると思うんだがね」

うれしい、教師になるのは夢であった。いつか父に頼んでみようと思っていたところであった。先生から勧められるなんて身震いがするほどうれしかった。

「私でも行けるでしょうか。それが心配で言い出せなかったのです」

「行けるとも、君なら。最近、杉山から師範に行った生徒がいないのでね。君ひとつ行って頑張ってくれないかね。行く気があるなら、帰ってお父さんに話してみるんだね。僕も話しておくから。きっと賛成してくれると思うよ」

当時は中学とか上級の学校に行く子は良家で財産家の子が多かった。しかし学力のある子は卒業できたが、ほかの子は入学はしても退学する子も多かった。なかには一年で退学する子もいた。入学するには今の入試地獄とは比べものにならないくらい楽であった。

「今日の話はこれで終わりだ。早く帰ってお父さんに相談したまえ。僕も顔を合わせたら

話しておくから」

と、井上先生も言ってくれた。

「はい、お願いいたします」

職員室を出て、一年生の校舎の角を回ったら、一斉に皆の視線を浴びた。

「ねえなんだったの。怒られたの。それとも求婚だったの。話してよ」

興味深そうに聞くよし子に笑って答えなかった。ぞろぞろと追ってくる友だちに話してやろうか、と思ったが、明日になれば分かることだからと、黙々とうれしさを噛み殺しながら、家路についた。

家に帰り、すぐ父に話そうと思っていたが父は留守であった。母ではなんとなく頼りにならない。当時、母はみつを頭に五人の子供を育てていた。一番下の貞治はまだ赤子であった。苦労する母を見て、女は常にこれでいいだろうか、また自分の希望からでもなく、次々と子供を生み育てるのが女だろうかとも思っていた。

夕食のときに話そうと決めて服を着替えた。今日もお客は多いだろうか。みつは前掛けをかけながら、調理室に入っていった。

みつの家は杉山村のほぼ中央にあった。家では父の経営する料理店を手伝っていた。五人姉弟の長女として、母の手助けやら、なかなか多忙であった。店では、おみつ坊の愛称で可愛がられていた。店は父の人柄からいつも賑わっていた。田畑も多く、小作に出して小作人からは、伝さん、伝さんと慕われていた。当時、自転車などは珍しい時代で、村中で三台しかなかったのに、店ではそのうちの二台持っていて、かなり裕福な家と見られていたようであった。

父は七時を過ぎても帰らなかった。いつもこんなことはないのに、なにか起きたのか少々心配になってきた。店も常連の客が顔を揃え、賑わいだしてきたころ、父が帰ってきた。井上先生と一緒であった。

「お帰りなさい。遅かったわね。どうかしたかと心配したわ。でも顔を見て一安心したわ。それに先生と一緒だし、私のことみな聞いたでしょう」

「うん、聞いたよ。お前、師範に行きたいのか」

「行きたいわ」

「行くのはよいが、一人で親元を離れて大丈夫かな。俺は心配なのだよ」

「そんな。もう私、子供じゃないわ」

「それはどうかな、俺から見ればまだ子供だよ。できたら田原の中学に行ってもらいたいのだが」

「でも先生になるには師範でなければ駄目なのよ。お願い」

「中学を出ただけで先生をしている人もいるではないかねえ、先生」

と、井上に助けを求めるように声をかけた。

「それはいいますよ。しかし正式の教師ではありません。代用の教師です。仕事は同じに見えますが違うのです」

父は、そうかね、と言ったきり行けとも行くなとも言わなかった。しばらくして父が、

「お前独立して生活がしてみたいのではないのか。それなら行ってもよいぞ」

男勝りのみつは、家を出てみたかった。先のことは考えず、自分を試してみたかった。家を出たとしても、学資を稼いでなどという気はなかった。実に呑気な娘でもあった。そういった点が父として不安なのだろう。

「仕方がない、家の看板娘を出すか」

伝作は師範に行かせる気になった。井上と二人で頼まれては止めても止まらない、と思ったらしい。

「ありがとう、私、頑張るわ。寂しいなんて少しの辛抱よ。すぐ卒業して帰ってくるから、

お父さんも元気を出してよ」

だいたいの話を聞いた井上先生も、

「よかったなあ、みつ君。お互いに頑張ろう。立派な教師になってくれよ」

と、新しい仲間のできたことを喜んでいた。父はやはり、寂しかったのだろう。仕方がないなという顔をしていた。明けて明治四十年四月十日、山崎の師範学校に入学した。

みつは、寄宿舎生活にも慣れて寂しさも薄れてきた。初めて親元を離れて家族の大切さとありがたさがよく分かってきた。これは教師になるためのよい体験になるとも思った。師範学校の生活も四年過ぎ、生意気にもこうしたことは誰から教えられるものではなく、机の上の勉強とは違う感じのものだと気が付いた。そのうちの一つを紹介しよう。

寄宿生活もベテランとなり、当時の飯の少ないのには閉口していた。年ごろの娘となると、知らない人の前では上品に振る舞ってあまり食べないものであるが、これは痩せ我慢して食べないだけで、長い期間我慢できるものではない。食い盛りの娘たちではとても堪えられない量であった。もう夜は空腹で勉強どころではなかった。なんとかしなければと四人で相談を始めてみたが、下手の考え休むに似たり、でどうすることもできない話であった。外出して買い物に行けない厳しい校則があるからである。しばらく静かにしていたが我慢がならないと、みつが口を切った。

「外出していけないのなら、御飯の量をもっと増やすべきではないの」

「それは言えるわね。しかし今までたびたび申し出ているのにいっこうに多くならないではないの」

と、太り気味の幸子が言った。これは下手な相談の中に出ていた話である。

「そうよ、これでは困るわ。それに加えて日曜日しか外出できないなんて、ひどすぎやしない」

と、おとなしいやす江まで怒りだした。

「それに食料品を寄宿舎に持ち込んではいけないなんて、死ぬほどではないが我慢も限界があるわ」

「そうよ、私たち修道女ではないのよ。やりましょうよ、うまく抜け出して買ってきましょうよ」

と、みつも怒り出した。

「でも、もし見つかれば退学だわ。私いやよ、そんなこと」

と、一番腹をすかしているらしい太った幸子が言った。

「それでは空腹を我慢するしかないわね」

「いやよ、我慢できないわ」

「では、どうするの。皆で見張りをして買ってきましょうよ。別に法律に触れるわけではないのだから。危ないことをしなければ宝物は手に入らないわ」

「そうね、火中の栗を拾ってみますか」

法律に触れないと知り、幸子も乗り気になったらしい。

「で、誰が買いに行くの。一番責任の重い仕事なので大変でしょう」

幸子は自分は行かない、と決めているような言い方をした。

「私が行くわ。くだらない校則破りも面白いじゃない」

と、みつが言った。大胆な娘になったものである。伝作が聞けば驚くことだろう。それでは、と夏なのに震えながら四人で出かけた。

「あっ誰か、あの塀の下から出てきたわ。逃げましょうよ」

幸子はもう逃げるつもりらしい。

「逃げなくてもいいわ。私たち外に出たのではないから」

みつに止められ四人で見ていた。一人の男子生徒がなにか紙袋にいっぱい入れた物を抱

えて近づいてきた。みつがぬうっ、と立って出ていった。驚いた生徒は一瞬立ち止まり、ギョッとして、

「なんだ君たちか。あの穴から行ってこいよ。向こうで餡パン屋が待っているから」

と言って、すたすたと行ってしまった。

「彼ら、いつもやっているんだわ。正直にやらないのは私たちだけよ」

そして娘たちは、餡パンを紙袋いっぱい買い込んで意気揚々と帰ってきた。

現在の世では餡パンなどは、太るからとあまり食べないようであるが、当時はなにしろ食生活がでたらめで、御飯などは子供でも茶碗に四、五杯は食べたものである。そのわりには栄養は少なかったらしく、平均寿命も短かったのだろう。みつら娘たちも同様で、腹が膨れた娘たちは喋り出した。

「私、この経験は将来教師になったら絶対生徒に話してやるわ。いい体験ではないの」

「それはいいけれど、それでは規則破りを勧めるようなことになるではないの。難しい問題だわね」

幸子は、用心深いのか、何を考えているのか分からない。現に規則を破り腹が膨れているのに、まだ規則破りを否定している。

「良いか悪いかは別として、君たちならどうするかということを考えさせるのよ。校則は法律ではないから、国の処罰の対象にはならないわ。悪い校則は皆で話し合って改めることが一番大切なのよ」

「そのとおりね。私今まで校則は守るものとばかり思っていたわ、さすがみっちゃん、考えることがすすんでいるわね。これからは見習うわ。しかし美味しいわねこのパン。私いつ食べたままだったかしら、味も忘れたころだわ」

幸子は五個目を食べ始めた。

「なに言ってるの。先週の日曜日に大月堂で同じことを言って食べていたのじゃないの」

「あらそうだったわね。私、都合の悪いことはすぐ忘れるの。でも、私たちの行為は悪いことではないわね。自分を守るための最小限の行為で許されることなのよね」

「そうよ。嘘も方便という、仏教の教えもあるのよ。私たちの行為はその方便なのよ」

こうして自分たちの都合のいいように解釈して時の過ぎるのも忘れていた。

卒業も、あと一ヶ月に控え、それなりにいろいろのことを体験した娘たちは、前途洋洋の将来を夢見ていた。だが突然、困ったことが湧いてきた。みつには困ったことが多いほどためになるのかもしれない。

幸子が青い顔をして飛び込んできた。

「大変よ。特別に音楽の教科が増えるんだそうよ」

「そんな馬鹿な。音楽の授業は受けているじゃないの」

「でもそれが、楽器が弾けなければ卒業できないんだって。困ったわ私、自信がないの」

当時は師範学校にも楽器は少なく、手にして弾く機会は少なかった。理論は知っていても実技は伴わなかった。そのため新任の教師は学校に赴任してから、新しい学校の楽器で練習して、どうやら間に合わせていた。

「えっ、そんなことあるはずがないじゃないの。あと一ヶ月で卒業だもん」

やす江は今にも卒倒しそうな顔で震えている。

「でも本当らしいのよ。生徒会長の本田さんが言っていたわ。弾けなければ落第だって」

みつは、これは今までの卒業生が新任で学校に赴任しても楽器の弾けない人が多いからではないかと思った。

「そうね、私も今学校で担任となってもオルガンは弾けないわ。本当のところこれでは困るだけよ。いいじゃない一ヶ月も練習すればなんとかなるわよ」

「しかし、オルガンはないのよ。どうするの」

幸子は、まるでみつがこんなことを決めたから悪いのだ、というような顔をして食らいついてきた。

「心配ないわ。音楽室のを借りて練習しましょう。まさか貸さないとは言わないでしょう」

「あれは駄目よ。男子生徒が借りたいと申し込んだらしいが、貸してくれないようよ」

「ちょうどいいわ。外に出てどこかで借りましょうよ」

「そんなことできるかしら。校則があって難しいのではないの」

「平気よ。これから毎日外で遊べるわよ。大いに楽しみましょう」

みつは、学校と交渉して外出許可を取った。勉強のための外出は禁止できない、と見込んだのはやはり部屋の姐御肌であった。翌日、山崎の新町にある一軒しかない松井楽器店を訪ねてみた。

「大丈夫でしょうか」

「心配しないで任せなさい。楽器店は一軒でも、楽器を売った先はたくさんあります。その家を必ず紹介してくれるでしょう。大船に乗った気持ちでいいですよ」

同室三人の心配の声を聞きながら、早くも店に着いた。ほかのことを考えずに、この一点に集中していれば道も近くに感じる。

「御免ください。私たち山崎師範の生徒です。卒業を間近に控えていますが、実は私たちオルガンの実技に自信がありません。このまま教師になっても困ると思うのです。そこでこちらで御教授願えたらと思いましてお願いに上がりました。学校にも楽器はありますが、なにぶん数が少なくて、思うように練習できなくて困っているのです。どうかよろしくお願いします」

いつの間にか店に顔を出した若奥様らしい人が口を出した。

「それは感心ですね。立派な教師になるには、そうした心掛けも大切でしょうね。昨日もそのようなことを言ってこられた男子生徒の方がいました。当家でもよいのですが、今女性教師の方に生徒を探してくれないかと頼まれているところです。四名ならちょうどよいでしょう。家を教えてあげますから行ってみてください。女子学生なら喜んでくれると思います。あなたたちなら基本は知っておられるから、すぐに覚えられますよ」

やれやれ、これで一ヶ月外で遊べる。塀を潜ってパンを買いに行かなくてもよい、と皆で喜び合った。そして、この一ヶ月が師範学校時代の楽しい思い出に残る時期でもあった。

だが、心配していた音楽の実技試験はなかった。

「それ御覧なさい、私の言ったとおりでしょう。卒業を一ヶ月前に控えて試験などあるはずはないわ。私に任せておけば間違いないのよ」

と、さも先見の明があったように口を切ったのは幸子であった。どこにもこうした人はいるもので、一ヶ月前に聞いた言葉はどこに置いてきたのだろう。みつは苦笑していた。

その年大正三年三月、めでたく師範学校を卒業した。

晴れて教師となったみつは、颯爽と婦人用自転車に乗って出かけた。現在ならば高級乗用車である。学校は家からさほど遠くない六連小学校であった。服装は袷の着物に袴を穿き、足には編み上げのハイヒールを履いていた。着物の色は少し地味であるが、いかにも新任らしい初々しい教師姿であった。途中の光景は子供のころ遠足で歩いた懐かしい道で、道路に沿って立つ桜の並木も当時と変わらない。小学生らしい五、六人の男女の生徒に追い付いた。通りながら、

「お早よう」

と、声をかけた。

「お早ようございます」

あまりにも元気な声に自転車を止めて振り返ってみた。今日から毎日話をする子供たちである。親しみが湧くのは、私は先生に合っているからなのかしら、と思った。

「皆さん大きな声で元気ですね。今日は天気も良く暖かですね」

子供たちはなんだろうか、といった顔で見ていた。

「驚かなくてもいいですよ。お姉さんは今度、六連小学校に入るのよ。仲よくしてね」

少し一緒に歩いてみたが、話も途絶えたので皆黙々と歩いていた。初めてだから話さないのかしら、そのうちに慣れたら、困るほど話してくれるでしょう。

「それでは先に行くからね」

と、また自転車に乗った。うれしい、やっと念願の教師になれたのだ。しかし、これから子供たちに好かれる先生になれるだろうか。ならなければいけない、と思いながら学校の門を潜った。高等科で四年間通った懐かしい校舎が目に入った。わずか五年の短い期間であったがどこも変わらない。校庭の南東に立つ大きな楠の木も、よく来たねと言っているようだ。職員室の窓から、ガラス越しに何人かの人がこちらを見ている。今日私が来るのは皆知っておられるからかしら、別に珍しくもないのに。職員室では、井上先生に師範に行かないかと言われたのが昨日のことのようだ。

「御免ください」

部屋に一歩入ったら一斉に皆の視線を浴びた。

「私今日からこちらの学校に勤めさせていただくことになりました、河合みつでございます。まだ未熟でございますがよろしくお願いいたします」

「お待ちしておりました。こちらこそよろしくお願いいたします。まだ校長が来ていませんのでしばらくお待ちください」

出された椅子に腰を下ろして、これからのことに思いを馳せながら、胸をときめかしていた。女の先生が、

「河合さんは杉山だそうですね」

「杉山に……」

と、言いかけたときに校長が入ってきた。

「あっ、校長先生、この方、今度当校に勤められる河合さんです。先生の言われたとおり綺麗な方ですね」

「それはそうだろう。師範を出たての若いピチピチした先生だからね。当校の宝物とするかね。まあこちらへ来たまえ」

と、校長室に案内された。部屋にはなんだか分からないが、大きな額が掲げてあった。なんだろうこれは、字でもないが絵でもなさそうだ。まあなんでもよい、とにかく校長に

改めて新任の挨拶を終えた。校長は、

「君、杉山の魚伝を知っているかね」

「はい、私の家でございます」

校長は、やはりそうか、といった顔でみつの顔を覗き込んだ。

「実は三年前に僕と交代した水野校長から聞いたんだが、魚伝のおみつ坊という看板娘が山崎師範に行った、と言っていたが、そのおみつ坊は君だったのか」

みつは返事に困って無言で校長を見ていた。

「いやあ、悪いことはできないものだね。僕らいつも魚伝を利用しているんだ。今年も歓送迎会を予定しているんだがね」

「そうでしたか。ありがとうございます。これからも、私ともどもよろしくお願いいたします。ところで水野先生といえば、勝先生でしょうか」

「うんそうだ。君は知っているはずだよ」

「はいよく存じております。あの方、今は校長になられたのですか。おもしろい方で、一緒にいれば、世の中の苦労は全て忘れさせてくれるような愉快な方でした」

「君らになんの苦労があるんだ。あまりお父さんから小遣いをせびらないようにすればよいのではないのかね」

と、校長室での話ではないようなことではずんでいた。女教師がお茶を運んできた。

「おっ、この人やはり、おみつ坊だそうだよ」

「そうでしたか。杉山の河合さんで山崎師範に行った方ですから、たぶんそうではないかと皆で話し合っていましたの。良い方がこられて、私たちもおおいに力が発揮できそうだわ。さしあたり歓送迎会からおおいにやりましょう。私もお店手伝いに行きますわ。いや手伝わせてくださいさい。みつさんの掃除道具事件は今でも語り継がれていますよ」

「まあ、恥ずかしい。今もですか」

「恥ずかしいことなどありませんよ。女の力を示した良い教材ですよ。私たち百万の味方を得た感じでした」

一人の若い女教師の来たことで、これほど賑やかになるものだろうか。話に熱中し、始業の鐘も忘れそうだ。そのときガラン、ガラン、と鳴り出した。校長は、

「これから朝礼が始まるんだ。君を紹介するから来たまえ」

「はいよろしくお願いいたします」

高一時代の朝礼を思い出しながら校庭に出た。校庭の西側に並んだプラタナスの木が懐

かしい。生徒は百人ぐらいかな。右側に並んだ大きな子たちは高等科だろう、みな絣の着物に袴姿である。女の子は小豆色の袴を穿いている。洋服の子は一人もいないようだ。校長は台に上がり、みつを招き上げた。

「今日は皆さんに良いお知らせがあります。それは五年前にこの学校を卒業された河合先生が、またこの学校に戻ってこられました。そして今度は先生として皆さんと一緒に運動に勉強に励んでくださいます。皆さん、これから先生の教えをよく守り立派な子になってください」

と、紹介した。みつは何か話さなければと昨夜考えてきたのだが、校長は、

「はい、もういいですよ。降りてください」

と、みつを降ろした。なんだ、一言ぐらい言わせてくれてもよいのに、女はやはり弱いとみて庇ってくれたのだろうか。庇ってくれなくてもよいのに。朝礼が終わり再び校長室に入った。校長は、

「君には高三を担任してもらう。高三のころは生意気盛りだから、君にはちょうどよい相手じゃろう。うまく手なずけてやってくれたまえ。ところで君、あの額はなんだか分かるかね」

「はい、私もこの部屋に入ったときから気にしていたのです。なんですかあれは。どんなに考えても分からないのですが」

「やれ、やれ、逆に聞かれるのは初めてだよ。僕にも本当のところなんと書いてあるのか分からないのだ。これは有名な横川大心が書いた物で、これでも字だそうだよ」

「へえー、私さきほど言いましたけれど、どう見ても字には見えません。困りますねこんな物」

「知った人の話では、これ誠と読むのだそうだよ」

そう言われてみれば誠らしい字にも見えるが、子供の落書きにも見える。

「なぜこんな、解説しなければ読めない物を掲げておかれるのですか」

「うん、正しくこんな物だよ。いやあさすが、みつ君だ。君は本校に生徒としていたころ、朝礼で、えらく食らいついたことがあったらしいが、その気持ちは分かるよ。有名な人の名を聞いて褒める人もいる。だが芸術は名前ではないのだ。褒めるならそれ相当の知識を持たなければ駄目だ。だから本校からはその物の良さも分からずに褒めるような子を出してはならないのだ」

「はい、分かりました。この額の字も見る人が見れば、素晴らしい芸術なのですね。私もこれから、理解できるように勉強いたします。よろしくご指導お願いいたします」

教師生活にも慣れて、毎日が充実し満足感が漲っていた。今日は体育で海岸に出てみた。素晴らしい天気で青空が目にしみる。海岸の砂浜でひと汗かいて休憩となった。海岸では日陰もなく、日照りの下で休んでいた。日照りでも案外と涼しい。海の上を吹く風がなんともいえないほど心地よい。

「光男君、ぐったりしているのではないの」

「いや、平気ですよ僕。先生と砂浜を競走してみますか。負けませんよ」

「そうかしら。家ではいつもなにをしているの」

「畑仕事の手伝いで、疲れきってしまいます。学校にいるのが一番楽しいですよ」

「家のお手伝いで大変なのね。頑張りなさいよ。私もこうした皆さんの元気な姿が見れて幸せよ」

「僕たち、先生というよりお姉さんのように思えてならないのです。なんでも話ができて。これではいけないのでしょうか」

「いいことよ。それが一番なのよ。これからもどんなことでも聞かせてよ」

「僕ら本当によかった。ロッキーの組でなくて」

「うん、よかったなあ。ロッキーと一緒ではかなわないよ。息苦しくて」

「なによ、そのロッキーって」

「シマッタ。おい光男君、君が悪いんだぞ。ロッキーなんて言い出すから」

「僕は知らないよ。でも、どうせ分かるときがくるのだから。君の責任だ、言ってあげろよ」

「でも、先生に悪いからなあ」

「聞き捨てならないわね。悪いなんて聞いた以上このままでは済まさないわよ」

「先生には関係のないことなんだから」

「よろしい。それでは今から帰って、数学の試験をします。皆集合」

「待ってくださいよ。言わないとは言っていません。渾名《あだな》ですよ。二組の川口先生の」

「どうせそんなことだろうと思ったわ。でも、どうしてロッキーとなったの。そのわけを話して」

「先生に関係はないが教えてあげましょう。世界地理の時間にロッキー山脈のことをよく話したからです。それに額の皺がなんとなくロッキー山脈の感じでしょう。僕らあの皺がいやなんです。神経質に見えるものだから」

「今度は先生に悪いと言ったことはなんなの」

「まいったなあ。今度は光男君の番だよ」

「知らないよ僕」

いつの間にかニキビ顔の少年がぐるりと周りに集まっていた。

「言ってあげましょう。先生の渾名ですよ。はじめはおみつ坊でしたが、最近おみつ観音に変わったんです」

「おみつ坊は知ってますよ。私高三からおみつ坊でしたから。でも観音は初めて聞いたわ。どうして変わったの」

「先生よく海岸に行くからですよ。海岸の入口に観音様が祭ってあるでしょう。それに、その観音様は先生にそっくりでしょう。どうですか。良い渾名ではないでしょうか」

「よく頭が回るものねえ。光男君でしょう。こんなことを考えるのは、でも渾名を思い付く子って利口なのよ。その頭を少し勉強に回したらどうでしょうねえ。そしたら勉強については恐ろしい子になるかもしれないのに」

「またそれを言う。それを言わなければ、先生にはなんの欠点もないのだがなあ」

「欠点は、光男君の勉強しないことよ。でもよいわ。今日は良い話を聞かせてくれたから、許してあげる。では、そろそろ帰りますか。集合」

楽しい学習生活が続き、あっという間に三年が過ぎた。このまま独身生活が続けば、みつに素晴らしい人生が待っていたらしい。

独身生活を続けるか、結婚させるか今考えている。話の結末が早く分かってもおもしろくない。どうやらここまで書いたのだし、また話の筋道はその日になってから決めるのだから、自分でも分からない。とにかく続けてみよう。

ある日、山崎師範学校の寄宿舎の舎監をしていた伊東好子女史より、手紙が届いた。なんだろうと思う前に懐かしかった。あのころの餡パン買いもニヤリと笑って、黙認してくれた優しい顔が思い浮かんできた。封を切ってみればパラリ、と一枚の男性の写真が出てきた。一瞥して文を読んでみた。それは結婚の見合いのことであった。山崎電力の優秀な技術者だとのことである。写真に目を移してみた。なんとなく忘れていた邦夫に似ている。彼とは高三以来会っていない。もしかしたら邦夫かもしれない。当時の結婚は互いに相手の顔も名前も知らず、一度の見合いで決まってしまったものであった。見合いをすれば承知のサインであった。みつは、少し現代的な考えを持っていた。一度の見合いで結婚を決めるなんて、ナンセンスだとも思っていた。だが、経験のために一度ぐらいは見合いしてもよいとも思っていた。邦夫に似てるから会ってみようかと、軽い気持ちで返事を書いた。折り返しの手紙で見合いの日取りが書いてあった。場所は豊橋の福中であった。見合いの前に一度母に相談しておかなければ、と思った。しかし、これは相談というよりは話したと言ったほうが正しかった。母は、

「そんなお前、急に言われても困るわ。だいたいそれほどの重大なことを一人で決めるなんて娘のすることではないわよ」

「私一人で行くからいいの」

「馬鹿を言ってはいけないよ。見合いに一人で行く娘があるものかね。そんなことをすれば、私が恥をかくのだからね。本当にお前は男に生まれたらよかったんだ。そんなに気が強くては、お嫁に行ってもすぐ追い出されるよ」

「それでお前、何を着て行くつもりなの」

「いつもの普段着で行くの。着飾って行くのはいやよ。そっと行くつもりなの」

母は、驚いて、

「いくらなんでもお前、無茶を言わないでよ」

と、帯だ、下駄だとあれこれ支度をしていた。いよいよその日が来た。母と二人で部屋

の前に立ったときは、やはり娘である。気丈なみつも震えが止まらなかった。失礼します。女中頭らしい女が部屋の障子を開けた。あっ、見れば邦夫ではないか。部屋にいた邦夫も、

「あっ、やはり君だったのか」

と驚きの声をあげた。

「あら、あなたたち顔見知りでしたの」

仲人をたびたび経験した好子も驚いた。

「はい、私たち幼な友だちなのです」

「まっ、知らなかったわ。それにしても凄い偶然の一致ですね。河合さんは杉山の出身だとは知っていました。まさか邦夫さんも杉山とは思いもよらなかったわ。邦夫さんは、山崎の人とばかり思っていました。これも神様のお引き合わせでしょうか」

「本当ですね。邦夫さんと分かっていたら見合いしなくてもよかったですね」

「この方、たびたび学校の電気工事に来ておられたのよ。ほら、あなたが寄宿舎におられるころから」

「まあ、そんなことってあるの。五年間も寄宿舎にいて一度も会えないなんて」

「これも偶然の一致ですね。今回は良い偶然が重なったということなのね」

邦夫は、黙って二人の会話を聞いていた。みつが懐かしそうに声をかけた。

「邦夫さん、私たち別れてから顔を見るのは何年ぶりかしら」

「そうだね。十年ぐらいではないかな」

「あなた、学校に来ていたのなら、一度ぐらい呼び出してくださってもよかったのに。冷たかったわね」

「いやあ、すまなかった。君を近くで見かけたことは何度かあったんだ。声をかけようと思ったことも何度かあった。しかし、師範学校の女生徒様では僕らでは声をかけられないよ。なにしろ小学校も出ていないのだから、自分がみじめに思えて」

「あなたは、子供のころから控えめの感じの人でした。犬を追い払ってくださった後日、私が声をかけようと思っても、嫌いになったみたいに逃げてばかりで、寂しかったわ」

「いやあ、よく覚えているね。あのときは本当に逃げていたんだ。君に迷惑をかけてはいかんと思ってね」

「では、今度も迷惑すると思ったの」

「今度は僕がみじめに感じたものだから」

「いやあね。遠慮ばかりして。しかし、そんな邦夫さんが大好きよ。今度のお見合いも写真が邦夫さんに似ていたから来たのよ。電力会社の方だから、もしやと思って」

「ありがとう。僕ももしや君ではないかと思っていたよ」

仲人の好子は、母と話していたが、

「二人の意気も合ったようですね。私たちそろそろ退散して、二人だけにしてあげましょうか。まさか邪魔にはならないとは思いますが」

「そうですね。邦夫さんは私もよく存じていますし、これは成功すると思います」

「私も、そんな気がします。では、ここは若い二人に任せてみましょう」

「では、私たち一足先に帰ります。馬車はあと二本ですよ。乗り遅れないようにね」

「はい、私たちもう少し話したら帰ります」

当時は、豊橋、田原間に一日、五往復の馬車が唯一の交通機関であった。

〝馬車・馬車・乗れ・乗れ・銭なきゃ・よせよせ〟と、哀愁に満ちたチャルメラの音に合わせて、鈴を鳴らしながらガタゴトと田舎道を通っていた。

やっと、二人になれたときは時間もだいぶ過ぎていた。しかし、二人には時間など問題ではなかった。邦夫の気の弱さから、今一歩の言葉が出なかった。私は女なの、私からは言えないわ。さあ早く、と心の中で思いながら、なにか分からないものを期待していた。

思い起こせば邦夫と別れたあのとき、人目もはばからず抱きついたあの気持ちが、今でも胸に残っている。その気持ちが邦夫に通じたのか、

「子供のころ君の肩を抱きしめた、あの感じ今でも覚えているよ。可愛かったなあ。息をはずませて目に涙をためた君の顔は。今でも君の温かさが、この手に残っているよ」

二人は、机をはさんで向かいあっている。みつの目はキラキラと輝いていた。

「あの感じ、もう一度たしかめよう」

みつの胸はズキンと脈うち、体がとろける感じであった。うれしい、邦夫さんが抱いてくれるなんて。邦夫がにじり寄ってきて肩に手をかけた。再びズキン、と胸をうった。

「結婚しよう」

みつは途端に涙がどっと溢れた。涙で邦夫の顔は見えなかった。邦夫の顔が目の前に被さって、熱い唇が重なり、みつは心も体も吸い取られるように力が抜けていった。

気がついたら、馬車の時間も過ぎていた。

「帰りましょうか」

「そうだね、馬車は間に合うの」

「もう、最終が出たようよ、あとは人力車だけよ」

「それでは、もう少し町でも歩いてみようか」

「そうね。あら口紅がついているわ、こんなところに」

「ありがとう。知らずにいたら恥をかいたね」

「綺麗に取れたわ。これならいいわ」

みつも化粧をなおして福中を出た。夜の町を歩く二人の後ろ姿は幸せいっぱいであった。

「君、お腹すかないかね」

「少しすいたみたい」

「僕の会社の専用の料亭があるんだ。そこに行ってみよう。うまい物を食わすんだ」

十分ほど歩いて割烹「みよし」に着いた。ここは会社の利用している来客用の旅館も兼ねていた。顔見知りの女将が、あら邦夫さんも見かけによらないわね、といった顔で見ていた。

「いらっしゃいませ」

女中もちらりと、二人を上目で見た。

「お泊まりですか」

「いや、休憩だ。少し休んだら帰るよ」

邦夫は先にトン、トン、と上がっていった。みつも続いて部屋に入った。しばらくして女中が宿帳を持って入ってきた。

「休憩でも書くの、こんなもの」

「はい七時を過ぎましたら、どなた様でも書いていただくことになっていますので」

「君もどうぞ」

みつは邦夫の名前の側に、みつと書き入れ、女中に返した。

「すぐにお食事をお運びいたします。お風呂はこちらでございます。どうぞ、ごゆっくりと」

と、言って出ていった。

「ああ、疲れた。君はどう」

「私も疲れたわ、ぐったりと。緊張のせいかしら、なにしろ初めての経験ですもの」

「僕一風呂浴びてくるよ。君はどうする」

これも初めてのことではっとした。女として男の人と一緒にお風呂に入るなんて、許されることかしら。期待と不安に心は揺れ動いていた。

「ああ、いい風呂だった。どうせ今日はゆっくり帰ればいいんだ。夜道に日は暮れないよ。

君も一風呂浴びたらどう」

「そうね。私も汗を流してこようかしら」

立ち上がった。みつは何か期待というか、あるものを感じていた。邦夫さん来てくれるかしら、もう私たち二人で入ってもよいのだわ。私は女だから、入ってはいけないけれど、邦夫さんは男だから。みつはたっぷりと湯につかっていた。ちょうど二人入れるぐらいの風呂であった。

「僕も入っていいかね。駄目でも入れてもらうよ」

と、邦夫が入ってきた。みつは全身に電気が通ったような快感を覚えた。邦夫が湯舟に入って、湯がざぶん、と流れた。邦夫は肩に手をかけ、

「もう僕のものだね。君のすべては」

「そうね。私のものよ、あなたは」

もう、ここまでくれば夫婦である。互いに肌を寄せ合い、許し合う環境であった。邦夫は右手で抱き、左手で額を撫でながら、

「可愛いね。僕の全てを君に捧げるよ」

「いただくわ、あなたの全部を。私、あなたを食べてしまいたいわ」

「これでよかったんだね。先に僕が入っていたら君は入ってこれなかったろうね」

「それはそうよ。女の私が押しかけては入れませんもの」

「僕は今日は一緒に風呂にだけは入りたかったんだ」

「私もよ。でも、あなたは遠慮深いから入れないかと思っていたわ。今日はよかったわね、見合いして」

「そうだね。これから二人で幸せな家庭をつくろうね。では、僕は二度目の風呂だから先に出るよ」

「はい、どうぞ」

邦夫は立ち上がった。もう二人には隠すものはない。みつは、そこに女にはない逞しい、男の姿を見た。

それから二ヶ月後、祝福されながら盛大な結婚式を挙げた。その後の甘い生活は紙数の関係で省略する。

さて、結婚三ヶ月で、みつは体に異常を感じた。診察の結果は妊娠であった。日々膨らむ腹部を撫でながらあなたは男の子、女の子とまだ生まれぬ子に問いかけていた。

「名前はどうしよう。良い名をつけるには今から、考えなければ。名前などという人もいるが、名前はこれからの人生に大切なことなのだから」

「そうね。丈夫な子に育つためには、長命の名前がいいわね。姓名学から占っていただいて良い名をつけましょう」

「そうだね。明日、多賀命尊殿で占ってもらおう。久しぶりに二人で行こうか。帰りに板杉でうまいものでも食べてこよう」

占いの結果は、女の子なら智子がよいとのことであった。男の子もやはり、智子がよいとのことであった。

「男の子ではかわいそうではない。智子では」

「うん。困るね。だが、男の子の場合は、読みがともじ、だそうなんだ」

「それでは、智司としたらどうでしょう」

「うん。それも言ってみたんだが、それでは感心しないということなんだ」

「それでは、戸籍上は智子として、通常の呼び名は智司としましょうよ」

「いい考えだね。それに決めよう」

二人の間はいい雰囲気で、幸せの街道を進んでいた。このまま続けばこの物語はなかった。しかし、好事魔多しで、それから一年後に降りかかる不幸は知る由もなく、束の間の幸せを貪り楽しんでいた。

ある日、みつは校長に話しておかなければと、言いにくいことだけれど申し出た。

「私、赤ちゃんができましたの。だから学校もお名残り惜しいのですが、皆様とお別れしなければならなくなりました。短い期間でしたが、たいへん親切に過ごさせていただきまして、私のよい思い出になりました。ありがとうございました」

「なにい、早くも赤ちゃんができたの。それはおめでとう。みつ君らしくなにをしても手早いなあ。参った、参った。もっと学校にいてもらいたいのが、偽らない心境なんだ」

「すみません。これればかりは」

「いや、そうだ、そうだ。なにより、おめでたいことなんだが、わしにとっては、痛し痒しといったところかな。それにしても、邦夫君は幸せ者だね。羨ましいよ。それで、生まれるのはいつごろになるのかね」

「十月ごろが予定なのですが、なにぶんお腹が大きくなりますので、子供のためにもせいぜい六月ごろには退職させていただきたいと思っているのですが」

「時期が来れば、また女も男と同じに働けるようになるだろうが、今のところは仕方がないね。看板教師を出すのは断腸の思いだが、これればかりは僕でもどうすることもできないね。まあ、丈夫な赤ちゃんを生んでくれることを祈るだけだね」

「はい、ありがとうございます。本当にこれからというときに申し訳ありません。生徒と別れるのも辛いですが、よろしくお願いいたします」

こうして、短い教師生活は終わった。

夏も過ぎ柿の実の熟すころとなり、二人の間に待望の二世が誕生した。健康な大きな子であった。これではどちらか分からないが、発表はもう少しあとにしよう。出生届を提出して一人の智子が世に躍り出た。今日も順風満帆の幸せの風を受けたみつは、いつもの遊び相手である、和裁教師のところで喋っていた。礼子は三十過ぎの呑気な独身女性である。まだ結婚歴はなく、酒も多少は嗜む。気さくな人で、その点でみつと気が合って格好の遊び相手であった。

「礼ちゃん。この可愛い子見て、ほら笑っているでしょう」

「そうね。まるで可愛いお人形さんね。私の棚に飾ってみたいわ」

礼子は独身の寂しさから、いろいろな人形を飾り、寂しさを紛らわしていた。等身大の男の子の人形も飾ってあった。

「あのお人形のお相手にこの娘が欲しいわ。さらってしまおうかしら」

礼子は、智子を受け取り頬に唇をつけたり、指を唇に当てたりして、たいへんな気に入りようであった。突然、

「あら、おしっこ漏らしたわ。私の膝も濡れてしまったわ。でも、智ちゃんのおしっこなら、いくら濡れてもいいわ。さあ返すわよ」

「あら、あら、智ちゃん。おしっこ漏らしたの。偉かったわねえ。さっぱりしたでしょう」

と、おしめを取り替えにかかった。

「あら、男の子なのね。この子」

「ええ、そうよ。智子ちゃんよ」

「なによ、男の子が智子ちゃんなんて」

「でも、智子ちゃんよ。本当なの」

ここに、邦夫がひょっこりと入ってきた。今日は日曜日で朝寝も充分して、今起きたらしい。

「あ、いるな。ここだろうと思って来たが」

「邦夫さん、この子は男の子なのね。私今まで女の子だとばかり思っていたわ」

「そうなんです。男の子に赤い物を着せるな、と言うのですが、なにしろ、これが凄い茶

目っ気なものだから、智子だからいいではないの、なんて遊んでいるものだから」

「名前は本当に智子ちゃんなのね」

「そうなんです。字は智子なんですが読みは、ともじ、なんです」

「まあ、よい御夫婦だこと。私も仲間に入れてもらいたいわ」

礼子の言葉は本音のようであった。この楽しい会話の十日後、ついに決定的ともいえる不幸がこの平和な一家に襲いかかってくるのであった。
二、三日、礼子の家に顔を出さなかったみつは、今日は久しぶりに智司を連れて遊びに来ていた。朝からなんとなく気分が悪い。どこか体に悪いところでもあるのだろうか。季節も三月ともなれば暖かいはずなのに、頭が重くて寒気がする。気晴らしにと礼子と喋ってみたがどうも気がのらない。
「今日のみっちゃん、なんだか変よ。いつもと違うみたい」

「そう、私なんだか寒気がするの。風邪でもひいたのかしら」

「顔色も少し悪いようよ。病院に行ってらっしゃいよ」

「病院に行くほどでもないが、なんだか顔が張って頭も少し重いのよ」

「それでは、今日は特上のお酒があるから一杯飲んで、頭の重いの吹きとばしてやりましようよ」

いつもなら、飲みましょうよ、おつまみは私に任せなさいよ、と元気な声が返ってくるはずなのに、なんとなく生返事が返ってきた。

「そうね」

「やはり、変よ。みっちゃん」

と、顔を覗き込んだ。

「あら、変なものができてるわ、顔の真ん中に。これなんでしょう」

「そう、ちょっと手鏡を貸してくれない」

礼子は手鏡を取りに奥に入っていった。そういえば、鼻と目の中間ぐらいのところが張って痛いような気もする。

「智司をちょっと頼むわ」

と、手鏡を受け取った。なるほどニキビらしいものが出来ていた。これが原因だろうと押してみたが潰れない。まだ初期のニキビかと思い、和裁を習っている生徒に、

「ちょっと針を貸してくれない」

と、頼んだ。

「顔の吹き出ものは、触らないほうがいいですよ、小母さん」

と、言いながら針を貸してくれた。

「ありがとう」

と、受け取りちょっとつついてみた。これが悪かったのか、急に堪えきれないほどの痛みを感じた。

「これはいけないわ。私ちょっと病院に行ってくるわ。今日は邦夫さん宿直だから、智司を頼むわ。すぐ帰るから」

「はい、気を付けて行きなさいよ。一人で行けるの、私一緒に行ってあげようか」

「ありがとう。大丈夫よ、すぐ帰るから」

と交わしたのが、礼子とのこの世での最後の会話であった。みつは夜遅くまで帰らなかった。急を聞いて、人々が集まってきた。みつは熱と痛みに耐えていた。しかし、智司のことは忘れなかった。

「智ちゃんを連れてきて」

ともすれば薄れる意識の中で繰り返し訴えていた。

「はい、連れてきましたよ。分かるかね、みっちゃん。負けては駄目よ。智ちゃんがいるから、どうしても良くなるのよ」

礼子の呼びかけに、微かに分かった。みつは智司を抱き寄せた。もうこれで智司と別れなければならないのか。一緒に連れて行きたい気持ちであった。邦夫の兄重吉が、

「もう離そう、智司が抱きしめられて離れなくなるかもしれない」

「そのままおいてあげましょうよ」

邦夫もみつの手をとり、

「頑張るんだ、死んではいかん。これからが三人の幸せの生活が始まるんだ、戻ってくれ」

と必死に訴えていた。

智司は礼子の願いもむなしく、結局、引き離された。智司も母との別れが分かるのか、急に火がついたように泣き出した。その瞬間が母子の別れであった。

「連れてきて」

と、微かな声で訴えていたが、その夜の二時についに帰らぬ人となった。大正十二年三月二十四日のことであった。

苦しさが急に取れた。みつはなんだか体が浮き上がったような気がした。見れば自分が寝ている。顔には白布がかけてある。周りの人が涙を拭きながら何事か話している。なに

を話しているのかは聞こえない。見れば智司は礼子に抱かれてすやすやと眠っている。みつが話しかけても、聞こえないのか、こちらの存在も見えないようだ。夢を見ているのだろうか。夢であった。突然、目の前に大きな綺麗な川が現れた。川には綺麗な水が流れ、水辺には花が咲いている。一面の野原は青い草で地平線まで続いている。邦夫もいた。智司は礼子に抱かれていた。川には立派な橋もかかっていた。橋の向こうは天に通じているようだ。白装束の女の人が杖をつきつき渡っていった。気が付いたら、みつも同じ白装束を着ていた。邦夫、智司、礼子はいつの間にか姿が消えていた。智司、と大声で呼んでみたが、空しくこだまが返ってきた。みつは自分の意志とは反対に足が橋に向かい、とぼとぼと歩いていった。これが「涅槃」にかかる橋だろうか。

邦夫はその後、礼子との間に一男二女をもうけた。その邦夫も今はない。みつとともに安らかに祭られていることだろう。礼子は九十歳をこえ安らかに老後を過ごしている。智司は齢六十歳となった。過ぎてみればあっという間の出来事であった。今は娘夫婦に可愛い女の子の孫に、妻とともに囲まれ幸せに暮らしている。仏壇を用意して母を迎えようとしている。間もなく母が帰ってくる。「涅槃」の橋を渡り、母というより可愛い娘として帰ってくる。

「おおい、お爺ちゃん。御飯だよう」

可愛い孫娘の声にはっと我にかえった。

もう夜か、雨はまだ降っている。小雨に濡れた物置きの屋根が淡い街燈に照らされて黄色に光っていた。

ほとけさま

いつも仏間で頭の体操をしている。六十七年前に世を去った母の写真の前である。梁に掲げるとなんだか遠くの人のように思える。だから上に仏壇を収め、下は一メートル三十センチほどの柱の間隔で、高さは六十センチの物入れを作り、引き開ける戸もつけてある。その柱の片方に立ててかけてある。写真の具合かいつもこちらの目を見ているような気がする。位牌はもちろん、仏壇の中だ。だが問いかけるのは写真である。

「今日は寒いなあ。日当たりに出してやろうか」

「ありがとう。いいよ、そんなことしてもらわなくても」

と言っているような気もする。

「こちらはもう七十年近くも生きているが見てのとおりだ。まだまだ死ねないよ」

「そうだ、一度死ぬと二度と死ねないからね。せいぜい楽しんでおいでよ」

「そちらはどうなんだ」

「こちらに来れば分かるよ。とにかく死ねないことは確かなのだけどね」

「兄貴はどうした。もう七十歳を越しているだろう」

「いや、こちらは死んだときのまま年は止まっているんだよ」

「えっ、それではまだ三歳か」

「そうだ、お前も私と一緒に来ていたらまだ四ヶ月の赤子なんだよ。連れてきたかったんだけど、お前がどうしてもついて来ないものだから、こちらでずうっと見守っていたが、ずいぶんと危ない橋を渡っていて、見ていられなかったよ」

「そうだろうなあ。戦地に五年いて一度も病気もせず、かすり傷もなかったからな」

「それはそのはずだよ。私が守っていたからね。これからも守ってあげるよ。お前だけではなく家族も幸せになるように」

「そういえば、家族は今までこれといった病気はしていないなあ」

「それはそのはずだよ。私が守っているのだから」

なんのことはない。生きている人と話している感じで書いている。これは異常なんだろうか。いやそんなことはない。写真は微笑みかけているようだ。

「お前は生前、ずいぶんと酒を飲んだそうだね」

「まあ誰に聞いた。そんなことを」

「定治の叔父だよ」

「ああ、あれは今こちらに来て隣の町で暮らしているよ。それではこれから、お前のこの世のことを詳しく聞いてやろう。今夜にも行ってみようかな」

「今夜は止せよ。二人で一杯やろう」

「それはありがたい。久しぶりに酒の香りを楽しむかね」

そこで、杯を持ってきて仏壇に供し、灯明をあげて飲み出した。酒は末の娘久子がお歳暮に届けてくれた、この付近では珍しい、四国の銘酒「鳴門」である。飲むほどに気持ちが良くなってきた。

「ああ、少し酔ったかな」

「あまり飲み過ぎるなよ」

「うん心得ている。もう年だから体のことはよく承知しているよ」

「そう、お前の気持ちはよく分かるよ。鏡に写るからね」

「悪い心も写るのかい」

「写るよ。なんでもお見通しだよ」

「それはいい。悪いことができなくて」

これでは生きている飲み友だちだ。頭がどうかなったのかな、酒のせいだろうか。

「それで、俺はそちらに行くのはいつごろなのだい」

「それは言えないよ。こちらの法律で禁じられているからね」

「そちらに行くと俺は八十歳で、お前は三十歳か。困るな、そんなのは」

「それも言えないよ法律で。でも、来れば分かるよ」

なんだか変だなあ。漫才の種にならないかなあ。

「おおい、お爺ちゃん。お茶飲まない」

「ほいきた。ありがとう、今行くよ」

やっと、この世の人に戻った。また飲もうよ、と写真に呟いた。写真は心なしか微笑んだように見えた。

愛

なんと私らしくない題であろうか。知る人が見れば、芝居ぶってと思うに違いない。柄にもなくこんな題を思いついたのは、五十三年前に亡くなった妹のことが思い出されたからである。亡くなったのは昭和十二年だったと思う。それ以来、まことに済まなかったが、私は支那事変出征という人事《ひとごと》でない環境に置かれ、自分の身を守ることのみに気をとられ、余人のことなどは考える暇はなかった。まして亡くなったの妹のことなどなおさらのことである。

それが不意にこんなことに気を回すようになったのは、養母の納骨のときからであった。菩提寺である宝林寺に肉親の者一同と訪れ、本堂で方丈様の回向を受け、しばらく故人の話に打ち興じていたときであった。お墓が知りたいと、もう一人生存している異母妹が言い出した。杉山に居を構える私は、「よし説明してやろう」と席を立った。

本堂では、一同は方丈様の抹茶のお点前を受けていた。私は立ち上がり、墓のある高台

に向かった。妹は、

「このお墓でないの、しいちゃあ（本名、志づ江）の納骨したのは」

私はそのことも忘れていた。すまない、杉山に居ながらそんな大切なことも忘れて。妹は続けて言った。

「私が四年生のときだったが、よく覚えているわよ。それから豊橋の向山に墓を移したが、本当はここに眠っているのよ」

と、そのころを思い出すように墓場を眺めていた。私もそう言われてみれば朧気ながらそのころのことが頭に浮かんできた。志づ江は六年生のときであった。病気が進み、横になることもできないのか、机にもたれ、二十日くらいその姿勢でいたのが思い出される。その姿勢で、すきな動物合わせをして遊んでやった。そして亡くなる一日前、夢にうなされたのか、

「私はどうなるの」

と、痩せた体で立ち上がろうとしたのが記憶に残っている。

素直な子であった。私が風邪を拗らせて寝ていると、お兄さんにはいつもお世話になると付き添っていてくれた。どうしてこんな子が早く死んだのだろう。話して詫びたいこと

も多くある。今は手の届かない所に行ってしまった。もう一度家族として暮らしたい。

「家に帰ってこいよ。そして、もう一度楽しい暮らしをしようではないか」

忘れていたことは「家の仏壇」には祭っていなかったことだ。異母妹なのだから寂しかったろうに。でも、これからは母と仲よくともに幸せになってくれ。杉山に志づ江と同級生の市川美代子がいる。今年、老人クラブに入会した。生きていればお前も一緒に楽しめるのに、でもこの人を見ればお前の姿が私の心の中に浮かんでくるような気がするよ。

「戒名なんか捨てて志づ江の名で家に帰ってこいよ、な、いいだろう」

と、母の写真に呟いた。母は、

「それがいいね。私も鈴木みつに戻ったのだから」

と言ってうなずいたように見えた。

妹＝戒名　蘭庭妙法信女　　俗名　鈴木志づ江
（五十三年前、十二歳で没す）

母＝戒名　恵雲浄智信女　　俗名　鈴木　みつ
（六十七年前、三十歳で没す）

これからは家族として暮らそう。魚も食べさせてやるぞ、もう俗なのだから。

いもうと

妹が帰ってきた。「涅槃」の橋を戻り、帰ってきた。私は今、こんなイメージの人に巡り合えて幸せいっぱいである。妹が逝って早や五十三年になる。死んだ子の年を数えるという諺があるが、本当に素直な優しい子であった。しかしその短い生涯は、今振り返り決して幸せとは言えなかった。小学五年生の夏休みの前だったろうか、息を弾ませて学業の成績は全甲だったと赤い顔で帰ってきた。

その日は暖かい日で、絣の袷の着物を着て暑い暑いと言っていた。今思えば熱があったのだろう。そのまま、頭が痛いと寝込んで、それ以来学校へ行けなくなってしまった。私はなんとかもう一度と励ました。

夏休みも終わって十日も過ぎたころ、ほんのちょっとの間、小康状態となり学校に出席することができた。そのころは、ちょうど学芸会の練習に励んでいるときであった。休んでいた妹は練習に遅れ、出演は困難な状態であった。私はなんとか舞台に立たせてやりたかった。心配していたが、担任の鈴木仲江先生（故人）がなんとか追い込んで出演させてくださった。その練習のとき、仲江先生が抱いて舞台に上げてくれたと喜んで家で話していたことが今も耳に残っている。これが志づ江の最後の学芸会であった。テーマ音楽とともに舞台の最前列の真ん中で片膝をつき両手を胸に組み合わせ、仲江先生の作詞作曲らしい軽快な音楽とともに、

日本の少女よ私らは
桜のお花が咲いたように
綺麗な優しい心を持って
育ってゆきます　すくすくと

と、曲に合わせ歌い出した。今もその光景が目に焼き着いている。それからまた発病して休学になった。現在ではほとんど集団検診、早期発見とストレプトマイシンの特効薬で克服された病気であるが、そのころはその病気に罹ると不治の病といわれ、だいたいの人は再起不能のようであった。そして日に日に弱り、やがて六年生になろうとするころ、たびたび見舞いに来てくださっていた校長の中島先生が、突然また見舞いに来られた。

「志づ江、心配するな。六年生に進級させるからな。安心して養生して早く元気になれよ」

と、励ましてくれた。この弱った体でもまた学校に行くのを楽しみにしていた妹はうれしそうな顔をしていたのが、今も印象に残っている。そのころはもう私たちから見て再起不能のようであった。あれだけ休学では進級は無理だったろうに、校長先生のありがたいお気持ちを察し、家内一同喜んでいた記憶がある。そして六ヶ月後、八月十四日の盆に私たちの願いも空しく逝ってしまった。午前十時ごろだったろうか。

病院に入院させる費用がなかったのか、かわいそうにも自宅で息を引き取った。その亡骸の白い顔に長めのオカッパの髪がかかり、目からは黒い涙のあとが、一筋ついていた。私はその白い顔を指先でつつき、

「おいどうした、なんとか返事をしてくれ」

と、いつまでも付き添っていて叱られたことを今でも思い出す。これは感染を心配しての親心だったのだろう。

その亡骸は花に飾られることもなく、慎ましい妹の意思だからと都合良く判断され、安価な縦型の棺に収められ、二度と蓋は開けられなかった。最期のお別れのしたい学友もいたろうに。とにかくそうした環境の下で逝った妹が不憫でならない。そのころ十五歳の私がなにもしてやれなかったことについて、今会って慰めてやりたい。抱き締めて詫びたい。

しかし、妹は私の手の届かない所に行ってしまった。そうしたとき、私はここに思いがけなくも妹とイメージが不思議と一致する人に巡り合うことができた。いや妹に巡り合えたのだ。そして近くに嫁いだその妹と、これも思いがけなくも作品の交換を始めることができるようになった。これは私にとって夢のようなことであった。

「これからは幸せになろうね。二人で力を合わせて異色の兄妹作としてこれを本にしようね」

なんとそこには夢のような発想が浮かんできた。この夢は覚めないでくれ、また見果てぬ夢にならないでくれ。それを願いつつ私の筆を持つ手に力が入ってきた。筆のすべりも良くなってきた。これが幸せというのだろうか。

続　いもうと

私は顔を見るなり、

「やあ先日は失礼しました。あれはお手紙のご返事のつもりで書かせていただきました」

と、思わず詫びる気持ちで言葉が出た。

「いえ、私こそありがとうございました。あのような立派な作品を読ませていただきまして」

その言葉に私は、一気に肩の荷が降りたような気がした。よかった。文章を渡して一日目は、あんな失礼な文を書いて不快感はないだろうか、軽蔑されはしないだろうかと夜もなかなか寝つかれなかった。翌日、受話器を取り上げダイヤルをと思っても指が動かなかった。この気持ちは誰にも分かってもらえない。後悔の念でいっぱいであった。しかし、その心配は一気に晴れ、私の頭は朦朧として本の貸し出しの手続きもチグハグであった。

「それでは本を」

と言われ、はっとし、動転して忘れていた目の前にある三冊の本を差し出した。そして、

「あのこれ私の書いた物ですが、読んでくださいますか」

と墨書きの文を差し出された。

「あっ、どうもすみません。ありがたく読まさせていただきます」

と、私は震える手で受け取り、胸はジーンと高鳴り、感激で言葉にもならなかった。そして、

「これを」

と、私の『独り言集』を差し出した。これが作品交換の始まりであった。

その日は七時から町内の集会があり、それまでしばしの一人の瞑想の時間である。渡された文を手にして読むうちに、暖かみのあるその文章に私の心に次の文章に対する気力が湧いてきた。そして構想を練り出し、一人で自問自答しているうちに早くも七時を過ぎていた。

「今晩は、体育委員の者ですが」

あっそうか、今日は体育委員の集会だったな。私は次の文の構想で街燈の点灯も忘れていた。こんなに熱中できるのは妹のせいなのだろうか。私はさらにより良い文章を書くた

めに空想の世界に入っていった。

「今日は。ちょうどよかった、留守でなくて」

と志づ江が入ってきた。

「やあ誰かと思えばお前か、久しぶりだなあ。元気でやっているか」

「ええ元気よ。この世ってこんなに楽しい所なのね。私、子供のころのことしか知らないのよ」

「そうだなあ、十二歳のころだったからなあ。でも、今はこうしてお前と話ができてありがたいよ。これから幸せを楽しもうよ」

「結婚て、こんなに楽しいものなのね。毎日が薔薇色だわ」

「おうおう、それは御馳走さま。今までの分をせいぜい楽しめよ」

と、こんな会話が続いて、そのときはもう九時を過ぎていた。やっ、もう時間か。それにしてもこのやる気はどこから湧いてくるのだろう。妹のお蔭かなと自問自答しながら閉館した。家に帰り、いつもならそうそうと床に入るところだが、今日は違っていた。自称作家の部屋に入った。そこに空想のなかで妹がまた姿を現した。

「この世の幸せってどんなことなの」

「それはお前が今体験していることが幸せなんだ」

「そうなの。これが幸せなの、でもなんか」

「でもなんだい。でもなあ、いつも楽しんでいる人は悲しみが分からないんだ。楽しみだけに浸っているから周りの人が皆同じに感じるんだなあ。世の暮らしは人の痛みを借りて、その人の気持ちになってあげることが一番大切なんだが、それはなかなか難しいことなんだ」

「お兄さん知ってるの。そんな難しいこと」

「お前は知っているだろう。一度死んだのだから」

「私自分で死んだわけではないの。あれは自然の流れなの。楽しいことも悲しいことも知らないうちに死んだのだから分からないわ」

「それはそうだろうな。この世の苦から逃げるために死んだとしたら、世の悲しみは全部分かるだろうになあ」

　それからしばらく沈黙が続いた。

　そうだ、自らの命を絶つ人はどんな気持ちで死んだのだろう。死は誰でも怖く、逃れたいものだ。おそらく死の瞬間まで自らの命を絶つ気にはなれないだろう。その瞬間は自分の意思ではなく、瞑想のうちに死の世界に入るとしか思えない。死ぬ勇気もないのに死ねたら幸せだろうな、と鉄路の側を歩いているうちに向かってくる列車に気が吸い込まれるように入っていくのではないだろうか。

「そうでなければ死ねないよ。死んで花は咲かないものなあ。でも、そこまで追い込まれて初めて人の痛みが分かるのではないかなあ」

そこで妹は、

「そうね。人の極限までの苦労を味わってこそ初めて人の痛みが分かるものなのね。あら、もうこんな時間なの。帰らなくては」

「たまにはゆっくりと泊まっていけよ。一日くらい留守にしてもよいだろう」

「あのひと、一人では駄目なの。甘えんぼうの子供なのよ」

「そうかなあ。お前がそうなのだろう、一夜も側から離れられないのは。甘い甘い。でも、お前はそれでいいんだ。一度死んだのだから」

「ちょっと待って、これ新しい玉葱だけど持っていって」

と、家内が袋に入れて差し出した。

「まあ、うれしいわ。私の大好物なの。あちら『あの世』では一度もいただけなかったわ。

これみじん切りにして少しのあいだ水に漬けて辛みを抜き、生醬油で食べると美味しいの。調味料はいらないの」

「そういえば仏さまに供えたことはなかったなあ。そうそう、お前、子供のころこれが大好きだったなあ。俺、忘れていたよ。これからはうんと食べろよ。それでは気をつけて帰れよ」

「まあ。私十二歳の子供じゃないわ。いつまでも心配しないで」

私は帰る妹の後ろ姿をいつまでも見送っていた。また来いよと祈りながら。

家族旅行

「それでは出かけようか」

今日は大阪の「花と緑の博覧会」に行く日である。私は花にも緑にも関心は薄いが、豪華客船の「さんふらわあ」に心を引かれた。それも豊橋港に寄港する初めての計画なのである。それに五十年前、名古屋の港から人のいやがる軍隊に志願し、軍用船三池山丸で中国に出兵した、神戸までの思い出の航路である。

志願とはいえ、そのときのいやな心境は今説明しろと言われてもできるものではない。そこで当時の思い出に浸りながら、今の幸せに感謝しつつ、このツアーに参加することになったのである。ふと仏壇の前に立てられた母の写真に目が向いた。母は何か訴えているような感じに見受けられた。

「私も一緒に連れていってくれないか」

と、言っているようにも見えた。

「そうだ、忘れていた。いつも一緒に行っていたなあ。お前の最後の弟貞治が逝ったときも清水まで告別式に一緒に行ったのだったなあ。よし行こうか」

以前は仏壇の引き出しの中に収められていたが、今は生きている母として我が家の写真集の中に収められている母の写真を取り出し、胸のポケットに収めた。

「志づ江も一緒に連れていっておくれ」

しかし、妹の写真はなかった。

「そんなのなくてもいいわ。私も一緒にお願いするわ」

「そうだな、写真なぞなくてもよいな。心で話はできるからな。一緒に行こう、家族旅行なんてお前が生きていたころでは、夢のまた夢だったからなあ」

思いがけなく家族旅行のチャンスが訪れた。農協前に五時十五分までに集合である。歩いて行くのも健康のためとも思ったが、足の悪い松子のために家嫁に送ってもらうことにした。五時に家を出た。集合場所の農協には誰もいなかった。

「ありがとう」

車を帰そうとしたが、帰りのことに気が回った。私の歩くのは健康のためだからいっこうに構わないが、足を痛めた松子ではとの思いが走った。

「待てよ、まだ早いから俺、今から家に帰り車を持ってこようか」

「それがいいわ。そうすれば帰りに都合がいいでしょう。私は仕事で留守だし、午前中の帰りではどうすることもできないわ。一緒にもう一度戻りましょう」

そして再び家に帰り、軽トラックに乗り集合地の農協集荷場に来た。もうだいたいの人は集まっているようであった。何か事故があったのか、トヨタの工場に向かう橋の上で数台のパトカーが赤色灯を点滅させているのが見えた。よほど大きな事故らしい。なんにしても気の毒にと思いながら迎えの観光バスを待っていた。その時ちょっと後ろをつつく人がいた。振り返り、誰かと見れば妹であった。

「やあ、あなたも行かれるのですか。これは偶然ですね。良い人と一緒になった」

と、声をかけた。そこに方丈様もいた。私は願ってもない幸運に我を忘れ、言葉もなかった。バスの座席も前と後ろの違いはあるが、手の届く席であった。これも仏様のお導きかと不思議な縁に驚きもした。話はできないが、これで家族固まっての旅行となった。大阪には十一時に到着した。いよいよ花博の観光となった。松子と妹は女同士がよいだろう。私がいては邪魔になるかもしれないので、帰りの集合時間までの間をどうしようかと考えた。人と一緒では、見たくない物も見なければならない。いっそ一人で気ままに時間を過ごそうとのんびり回ることとした。

「さあ、行こうか。珍しい大きな花があるそうだ。まずそれから見よう」

「うん、俺一人でのんびり回るよ。まず涼しい所で一休みだ。この暑さでは回れないよ。先に行ってくれないか」

一人になりさっそく、クーラーのよく効いた生花教室の椅子に腰を下ろした。これは涼しい。この世の極楽というものだ。なにか生け花の説明をしていた。私には関係のないことで耳には入らなかった。一時間ほどそのままで過ごした。

元来、乗り物に弱い私は車中ではあまり食欲もなく、昼食は車酔いを警戒して食べなかった。車から降りた今、少なからず空腹を覚えた。同時に本来の好物であるアルコール飲料も体が求めだした。もったいぶって、酒と言えばよいのに、目立ちたがりやの本性が表れたのかな。母も、

「口が乾いたね。冷たいビールでも飲むかね」と、都合のよい言葉を言ってくれた。ありがたい。

「そうだ、俺もそれを言おうと思っていたんだ。一杯いこうか」

と、売店のあるほうに歩き出した。そのとき、大分県のキャラバン隊が、ブンブカドン

ドンと賑やかな音楽とともに行進してきた。縫いぐるみの動物になった人が、この暑いのに身振りよろしく踊りながら行進してきた。花より団子と言うが俺にはこれが向いているわい、と子供心に戻って眺めていた。楽しい物は過ぎるのが早い。あっという間に通り過ぎた。これを見ただけで今日の収穫はあった。あとは涼しい所で一杯だと、売店に向かった。生ビールとフランクフルト、それに腹も空いていたので、ヤキソバを買い求め、空いたテーブルを探した。賑やかな人出で空いた席はなかった。仕方なく立ったままでしばらく休んでいた。片手にヤキソバ、フランクフルトではどうすることもできない。ビールばかりをチビリ、チビリと飲んでいた。

しかし、運が良いときは良いもので、目の前の婦人が、

「私帰りますから、どうぞ」と、席を譲ってくれた。

「どうも、すみません。お蔭で助かります」

これも仏の導きなのだろう。雨夜の星というが本当に幸運であった。そして空腹を満たし喉を癒し、冷房の効いた所でこの上もない極楽の気分を味わった。それでも一ヶ所ぐらいはと、なんの展示館か忘れたが、入ってみる気になり、入り口に向かった。十五名ぐらいの人が並んでいた。中はガラ空きなのに、なぜ並ばなくてはいかんのだろう。そんなに

もったいぶらなくても、と少し待っていた。五分も待ったろうか、お待たせいたしましたと、扉が開けられた。中に入ったが特別興味もなく、冷房の涼しい風に当たって休み、三十分ほどで出てきた。

私の「花と緑の博覧会」は、これで終わりであった。まだ三時だ。困った、どこで過ごそうかと、広い会場を見回した。なにか向こうで賑やかな音楽が聞こえてきた。行ってみようと足を運んだ。その途中で、なんだか涼しそうな水音とともに船に乗りトンネルを潜る光景に出会った。よし乗ってやろう、と入りかけた。しかし、そこは出口であった。キョロキョロと田舎者のお爺さんらしく、入り口を探して入った。見ればみな子供連れの家族ばかりである。

「お待たせいたしました。さあどうぞ。お一人ですか」

不思議そうな顔をした若い案内人に導かれた。

「お一人でしたら、真ん中にどうぞ」

見れば二人並んで座る席である。一人で座れば船が傾くらしい。前の二人は若いアベックであり、後ろは子供連れの家族であった。私とともに七名乗船で、船は動き出した。これは子供は喜ぶだろう。夏休みなら二時間ぐらいは待たされるだろう。さきほどのガラガラの会場でも待たせるのだから。とにかく愉快な船遊びだ。子供でなくても、こんな楽しい遊びはない。また一つ土産話ができた。いや待てよ、花と緑が主役なんだ、あまり自慢もできないわい、と出口に向かった。そこに一匹狼の方丈様がウロウロとしていた。私には気が付かないようである。私もこれ幸いと立ち去った。時間も四時の集合時間になり、所定の場所に向かった。

「おい、お前どこにいたんだ。探したが分からなかったぞ。なにを見てきたんだ」

「うん、あれやこれやでなあ、なにから話したらよいか、分からんよ」

「俺たちは、あのケーブルに乗ってなあ。乗っている時間は五分ぐらいだ。向こうについてもなにも見る物はなく、そのまま今度は歩いて帰ったよ。もう暑くて死にそうだったよ」

「歳を考えろよ、この暑さで歩くなんて。でも、誰でも目を付ける所は同じなんだなあ。俺も乗りたかったが、乗り場が遠いものだから、歩くのが心配で諦めたんだ」

「お前のことだから、冷房の効いた所で、冷たい物でも飲んでよろしくやっていたのだろう」

「うん、当たらずとも遠からずだよ」

「お前、なにもパンフレット持っていないな。どうしたんだ」

「あんな物、持って帰ってどうするんだ。みな捨ててきたよ。お前は大事に持っているんだなあ。帰って勉強の材料にするのか」

「本当だ、こんな物捨ててくるのだったなあ。帰ってごみ箱に入れることになりそうだ。でも、お前どこも回らなかったから、一枚も貰わなかったと違うか」

「それも、当たらずとも遠からずだなあ。それにしてもよく俺のことが分かるなあ」

「そんなことは、分かるよ。横着者のお前のことだからな」

そしてバスに乗り込み、港へと向かった。大阪の街も豊橋と大差はない。車の数も同じぐらいだ。後ろで妹の声が聞こえた。

「こととい橋って、もう過ぎたのかしら」

歌で聴いたことのある橋だ。私も身を乗り出して橋を探し出した。このとおり思い出してはそのことに熱中するのは、私の良い癖だろうか、あるいは悪い癖なのか。それから橋ばかりに気が向いていたが、時間にして約十分で港に着いた。

到着したが、港かどうか分からなかった。目の前にホテルのような豪華な、「さんふらわあ」が待っていた。初め見たときこれが船か、と思うほどの大きな建物風であった。豊橋といえば三十万都市で港もあり、さほどの田舎でもないが、この船を見た限りでは、田舎者の集団であった。みな一様に驚きの声をあげた。私も驚いた。こんな大きな船が豊橋の港に入れるのだろうか、と思いながら船内に入った。

「和室の方はこちらです。手前は女性の席です。男の方は奥の部屋です」

案内の船員が繰り返し、世話をしていた。やっと憧れの船に乗ったが、蒸し暑いことこの上もない。部屋が広いせいか冷房もないに等しかった。しまった、これは洋間を予約するんだった、と思ってもすでに手遅れであった。仕方がない。それでは案内にあった、岩風呂にでも入って汗を流そうか、と岩風呂の位置を確かめに行った。船の風呂としては、予想以上のものであると感じた。

部屋に戻ったが誰もいなくて、方丈様が一人寝ておられた。

「風呂に行きましょう。この汗を流せば、少しは体も休まるでしょう」

「それはいいね。でも、タオルを持っていないからね」

「そんなことご心配なく。このタオル一枚で入りましょう」

と、二人で岩風呂に行った。岩風呂から一人が出るところであった。これで二人の買いきりだ、と六百人の人を出し抜いた優越感に溢れた。風呂を出て最上段のデッキに出た。快い風に当たり、最高の気分であった。母はどうしたろうか、風呂に入ったのだろうか。

入ったとしておこうか。それとも女たち三人でそこらで楽しんでいるのだろうか。この点は私にも想像できない。しばらく涼んで船内に戻った。あちらこちらと、さ迷い歩いて大ホールに出た。冷房は申し分なく効いている。私たち二人だけである。

「ここで涼みながら、寝転んで待ちましょう。ほどなくお楽しみのショーも始まるでしょうから」

時間は八時少し前であった。八時から始まるだろう、少し待てば、と思ったが八時を過ぎても始まらなかった。これでは八時半かと諦めた。そこに松子がにこやかに入ってきた。妹は目に入らなかった。どうしたのだろう。後ろを見るのも気が引けて、しばらくそのままでいた。時を経て後ろを見たら、いたいた二人並んで私の顔を見ていた。二人も私を気にしていたのか、家族の思うことは同じなのだなあ。

そして、間もなく吉本興行のショーが始まった。そのころから船が少し揺れ出した。乗り物に弱い私はそっと抜け出し、部屋に戻った。家族は心配しているだろうが、それにも増して、私は船酔いを心配してひたすらに横になっていた。昨夜の寝不足から、船の揺れも知らずに朝まで眠った。疲れからか夢の中に母も出てこなかった。母もよく眠ったのだろう。六時になった。表はもう日が昇っているだろう。三河湾に入ったろうか、船の揺れはほとんどなかった。船内放送でモーニングのコーヒーの案内があった。朝の湾内の景色を楽しみに行ってみようか、と思った。そのとき松子から連絡がきた。思うことは同じなのだなあ。

「コーヒー飲みに行くかね。朝の景色は素晴らしいから」

「そうだ、俺も行こうと思っていたところなのだ。家族というものは、不思議と思いが一致するものだなあ」

「竹田さんが言い出したのよ。あなたを誘って行こうって」

「そうか、やはりなあ。妹なのだから、たまには甘えてみたいものだろう。俺も同じ気持ちなのだ」

そう心の中で思いながらコーヒーデッキを探していた。田舎者らしくウロウロしていたら、

「あら、鈴木さんこちらですよ」

と、後ろから私の手をとった。誰かと思えば妹であった。私にはその感触をやっと待った、妹の暖かさに感じた。

「そうか、迷路のようで分からなかったよ。なんださきほど来た所ではないか。もう一歩

でよかったんだなあ。運の悪いときはこんなものかな」

「セルフサービスだそうよ」

「そうか、俺が持って行くからテーブルで待ってろよ」

あたりには爽やかなコーヒーの香りが漂っていた。

「五つください」と注文して、出てくるのを待っていた。

お盆に三つと二つの計五つのコーヒーが出てきた。そこに可愛い妹が来た。

「あっ、お前これ持っていってくれないか。あと二つのった盆は私が持っていくから」

妹は喜んで、いそいそと皆の待つテーブルに運んでいった。

思ったとおりの、よい眺めであった。いつも見る金指造船の赤いクレーンも目の前であった。母が語り出した。

「私が学校に勤めていたころ、この付近で福江通いの小さなポンポン船が沈んだのよ。私の初恋の先生がそのとき遭難したの。その先生は水泳の先生なのに死んだのよ。なぜか分かる」

「分からんなあ。水泳の先生が溺れるなんて」

「それが私の一番の悩みなの。その先生の誕生日が遭難する二日前だったの。運が悪かったのね。わたしがその誕生日に編み上げの靴を贈ったの。その靴を履いていたものだから、水の中で浮かび上がることができなかったのが原因らしいのよ」

「それなら、あの世で会って詫びたのではないのかい」

「この世で結婚すると、あの世では、もうその人には会えない規則があるの」

「そうかい、それでなくては収拾がつかなくなるだろうからな」

「私は今が幸せよ、優しい家族に囲まれて」

思いがけなくそのころの母のロマンスを聞かされた。そうだったのか。初めて母の若いころの甘い思い出を知った。一泊二日の楽しい家族の旅はもうすぐ終わる。楽しい旅は早いものだ。また次の機会を待とう。家に帰り松子はいきなりシャワーを浴びた。岩風呂に入らなかったらしい。それからどこへ行ったのか、しばらく姿が見えなかった。どこに行ったのだろう。車で出ていったから、近くではないだろう。二十分ほどで帰ってきた。

「どこに行っていたんだ」

「うん、竹田さんに玉葱をね。大好物だそうなので少し届けたの」

私は妹の好物を届ける、この偶然の一致に、驚きとともにこれ以上はない喜びを感じた。手記を書き上げて母の顔を見たら、うれしそうに微笑んでいた。

生きている母

母は生きている。四百字集の種に困り、仏壇の前に立てられた母の写真を見つめていた。引き伸ばして額にはめられた写真は、大正の中ごろの物だろうか。今の明治村で見受けるようなこんもりとした髪形に絣の着物で写っている。お前の心はお見通しだよ、とその目はジーッと私を見つめているような気がする。この絣の着物は、私が十歳ぐらいのころに見かけたことのある着物だ。色は薄茶色で細かな桜の花びらが散らばって染められている袷で、裏の生地は薄黄色であったような気がする。なぜ保存できなかったのだろう。いまさら女々しい少女趣味かもしれないが、いくつになっても母は恋しいものだ。母の手に触ったなにかが欲しい。親父はなぜそうしたことに気が付かなかったのだろうか。その親父も今はない。生前を知っている親父にはなんの思い出もなく、生後四ヶ月で死別した母がいつも心に生きている。なぜだろう。不思議だなあ、この気持ちは。

瞼の母

姉の三十三回忌が昨日営まれた。思えば不幸な姉であった。二歳で母と死別し父方の伯父に育てられ、そのまま養女となり三人の子供を育てる暇もなく、四人目の子供を出産してこの世を去った。亡き母と同じ年ごろの三十七歳であった。その子は今三十三歳で健在である。なぜ私と同様に母の顔も知らない子供となる不幸が続くのだろうか。残された四人のうちの長男の嫁も二人の男の子を残し三十歳でこの世を去った。その一人の子も母の顔は知らない不幸を背負ったのである。でも、その不幸に負けず明るく育っている。この子たちに寂しい思いをさせないためにも、私の経験を生かし見守ってやりたいと思っている。とはいえ、私は見守るだけで手も貸してはいない。この子たちを守る暖かな家族と親戚に見守られ、伸び伸びと育つ子を見て目も潤んでくる。こんなことで涙が出るなんて、俺も気が弱くなったんだなあ。七十歳近くにもなれば。

戦友編

長屋軍医との出会い

忌まわしい戦争体験記『生きる』の回想録で、昭和十五年十二月九日血走る目で肉親に見送られた名古屋港の風景が今も目に浮かぶ。あれから五十年はあっという間に過ぎた。この間さまざまな出来事を経て、今は娘二人もそれぞれ独立させ孫の成長を楽しく見守る幸せな人生を送っている。今思うことは戦地で逝った不運な戦友のことである。昭和十五年十二月一日、守山の騎兵隊に入隊し八日後の九日にはもう外地出征となった。行く先は中国綏遠省平地泉であった。そこに駐留する北支派遣黒田部隊気付け井田部隊が長屋軍医との最初の出会いとなった部隊であった。そのとき一緒に入隊した坂口が、平成二年八月十三日の朝の四時に逝ってしまった。戦地で逝った戦友を思えばまだ彼は幸せだったと思う。しかし、同じ杉山町に住む私は何か取り残された寂しさを感じるのである。「霊界の宣伝マン」や「癌の友を見舞う」の回想に書いた友なのである。

話はそれたが、その井田部隊の隣に鈴木部隊があった。これは野戦病院で、その部隊長は豊橋西新町出身の鈴木軍医少佐であった。私たちが入隊し十日ぐらい過ぎたころと記憶しているが、豊橋出身の初年兵集合との命令が下された。そのころは軍隊生活の辛さはほんの少し感じる程度であった。何事ならんと集合したその時が長屋軍医との最初の出会いであった。そこで豊橋出身の軍医二人と初年兵が並ぶ珍しい記念写真を撮ったのである。戦後大切にしていたこの写真をいつの間にか紛失してしまった。その中に後の坂本衛生兵も含まれていた。思えば惜しい紛失である。

その坂本衛生兵であるが、意地の悪い古兵に殴られて顔を腫らしていたことがあった。そのころは戦地も平和で内地の勤務と変わらなかった。毎日入浴もでき、初年兵以外はのんびりと過ごしていた。その入浴で思い出がある。駐屯地の平地泉に着いたその日、班長の樋口軍曹に引率され、早ばやと入浴をした記憶がある。浴槽は厚さ五センチほどの檜の板で作った横三メートル、縦一メートル三十センチの大きさであった。あとで知ったことだが新兵が入れるのはその時限りであった。将校、下士官、古年次兵が終わり、やっと順番が回るころは湯も少なく、入浴とは名ばかりでここぞとばかり洗濯に励んだものであった。その入浴場で二中隊の中隊長、矢島中尉と長屋軍医と顔を合わせた。

「矢島さん、困りますね。お宅には本部の衛生兵を顔が腫れるほど殴る兵隊がいるのです。

なんとかなりませんか。あれでは中隊にあずけるわけには参りません。坂本は今後、医務室に泊めておかねばなりません。それで異存ございませんね」

そのころの軍隊では兵は消耗品であった。誰もその扱いには無頓着で誰が殴られようが知らん顔が普通であった。それを直接抗議した長屋軍医の人となりが分かるというものである。殴った兵隊は九州出身の三年兵であった。手に負えない乱暴者で、初年兵には疫病神であった。矢島中尉は戸田外史准尉に命じてその疫病神を懲らしめた。その方法は、准士官宿舎の人目につく土間に長時間正座させていた。私ども初年兵の溜飲の下がったのはいうまでもない。このように下の兵隊に気をつかう優しい軍医であった。そのころは兵隊は少なく勤務は苛酷なもので、隔日には衛兵勤務が回ってきた。部隊長は岩崎少佐で気の小さな男であった。身の危険を感じたのか、弾薬庫とその周辺の将校宿舎を警戒する新たな衛兵を増やした。増やすほうは一言でよいのであるが、兵隊は堪ったものではない。毎日が地獄であった。そのころ、長屋軍医の部屋はいつも夜中の二時ごろまで明りが点っていた。勉強でもしておられたのだと思う。それからほどなく軍医の学校に行かれたようであった。

終戦となり、やっと平和な家庭生活に入り一息ついたころ、ちょっとした不注意により怪我をし、国立豊橋病院で診察を受けたことがあった。そこに長屋さんが外科の担当医として勤務しておられたのだ。

「やあ、しばらくですね。私は平地泉にいました鈴木です。あのころはえらいお世話になりまして」

長屋さんは懐かしそうに、「そうでしたか、私は記憶がございませんが、無事に帰られてよかったですね。今どちらにお住まいですか」

無理もない、兵隊と軍医である。特に病弱な兵以外は覚えているのが不思議である。でも、私にはそのころの懐かしい思い出が蘇ってきた。

戦後、私たちの仲間で『泉十五年兵回顧録』を出版したが、少し前に長屋さんが「或外科医の癌手術」という手記を発表された。私はそれを読み、健康を回復されたことをなによりもうれしく思った。このころ私も長屋さんを真似て、暇に任せて頭の体操を兼ねた独り言集を書いていた。そのまま焼き捨てるには忍びず、自分史として纏めてみようと思いついた。そこに長屋さんが六ヶ月ほど前に『カンナの花』を出版されたのを思い出した。そして中部デザインセンターを紹介されたのである。無学の私の独りよがりの文と思うが、できるかどうか冨安さんに電話することにする。思えば、長屋さんとは不思議と縁があるものだと思っている。私は今、泉会には御無沙汰しているが、ともに苦労した同年兵会には毎年参加している。でも、この会にも出席しない者もいる。それは坂本衛生兵である。今生きているだろうか。これは長屋さんと異なり縁のない坂本なのだろう。齢も七十歳近くとなり、あとどのくらい生きていられるだろうか。なんの苦労もない世の中も味気のないものだ。この自分史で恥をかくのも苦労のうちだと思うのである。この遊びも出版で終わったのでは困る。次に書くなにかを探さなくては。これが幸せなのだろう。

「まだまだ生きるぞ、いつまでも。それからだ、お前たちと一杯飲むのは」

そこに戦死した友の苦笑いの顔が浮かんできた。

心のやすらぎ

生意気な批判ばかりで、絵のことも分からない私に思いがけなく、泥子傘寿記念画展の案内状が来た。私は絵には趣味はなくただ見るだけなので失礼とは思ったが、せっかくのご案内なので拝見させていただくことにした。画廊で感じたことは人の温かみで、昔と変わらない柔和な長屋軍医と肉親らしい人々の物柔らかな応対に清流の鮎を感じた。これは泥沼の鯰で絵の分からない私も感激で胸いっぱいであった。出版についてのご指導のお礼を申し上げるつもりが、なぜか言葉が出なかった。これでは素直な気持ちと言えないだろう。

「長屋さん済みません、見ていてください。このお礼は出版でお返しいたします」

この頑固者も初めて素直な気持ちを持たせていただくことができた。今のこの気持ちは世の中を恨み僻みで過ごしてきた、生意気な男の心境である。一時の心の安らぎを得た私はそうそうに帰り、今の心境を四百字で綴った。

癌の友を見舞う

「霊界の宣伝マン」の相手である、癌に侵された友を見舞ってきた。本人は癌と告知されている。しかし、見舞いの席では癌は禁句であった。

「早くよくなれよ。また魚釣りに行こう。どこだかで鯵が釣れているらしいぞ」

と、偽りの励ましの言葉しか出てこない。この友が二度と魚釣りができるとは思えないのに、そうした言葉しか出ないのはどうしたことであろうか。友も全治しないことは承知しているはずである。なんと空しい励ましであろうか。本当の慰めの言葉は、そのような気安めの言葉ではないはずである。

「心配するな。誰でも一度は死ぬんだ。俺もあとから逝くからな。先に逝き俺の場所を確保しておいてくれないか。そして五十年前に逝った戦友とそのころを偲んで一杯やろう。あの世は良い所らしいぞ。お前は早く逝けて幸せだな」

と、言うのが本当の慰めの言葉だろう。友も元気な言葉で話してはいるが、この元気は空元気としか思えない。これは寂しい自分の心を紛らわしているのだろう。私も寂しい。五十年前に戦友を亡くしたときの気持ちと異なるのはどうしたわけなのだろう。あのころはそれほど死ぬことに心配とか恐れはなかった。家に帰るぐらいにしか感じなかった。それが今は平和な家庭生活に馴れて、この幸せから離れる死ということが凄く怖く思えてならない。これは死の怖さから逃れたい一心からなのだろう。その危機に晒されている友を目の前に見てどうすることもできない。

「頑張れよ。俺がついているからな」

と、祈るような気持ちで帰るしかなかった。逝けば分かると思うが、誰も逝って帰った者はいない。私はこのような不安な気持ちを感じる年齢になったのだろうか。これは今が幸せ過ぎるからなのだろうか。今、私はこのような思いで毎日を過ごしている。これが癌の友を見舞った初老の感想である。

霊界の宣伝マン

人生の登山はやっと七合目に差しかかった。今まではただ夢中で、苦しさや楽しさなどは肌に感じる余裕はなかった。まして死などという不吉な思いは、かつての野戦で雨、あられの弾丸の中でも頭の隅にも感じなかった。それが最近、その不吉な死という感情が生まれてきた。なぜだろう。人は年を重ねるといやでもそこに追いやられ、寂しい感情が出てくるらしい。野戦での死は数えきれないほど見た。そのころは戦う者の宿命なのか見ても哀れともなんとも感情は湧いてこなかった。人としての心は失われていたのだろう、平気でその場で飯を食っていた。今思うとその家族の方々は、そのころ家でなにをしておられただろうか。無事に帰ることを信じ、また祈りながら、それぞれの仕事に励んでおられたことであろう。夢にも肉親が血を流し横たわっていようとは思われなかったろうに。こうした情景を思い出しては、あたかも自分が犯した罪のように心を苛まれる今日このごろである。

そのころ野戦で苦楽をともにした寿が、偶然にも毎日顔を合わせるほどの近所に住むことになった。彼は当地の出身ではなく、そのころの世相として戦地に五年もいて無事に帰れるのが奇跡であるのに、同じ町内にということはなにか、二人には目に見えない縁があるのだろう。彼は野戦においては殺されても死にそうにない男であった。その寿が二年ほど前になんの前ぶれもなく咽喉部のリンパ腺の腫れる病気に罹った。もともと健康な男が病気になった場合にはたとえ軽い風邪であっても不安が募るらしい。それがリンパ腺である。彼よりも私のほうがショックであった。気の小さいことはお互いであるが、彼の心臓は蚤の大きさなのだろう。次々と歯が抜けても怖くて歯医者にも行けず、一本の歯もなくなり二年間ぐらい歯なしで生活していた。いくらなんでもと再三勧めたが、頑としてそのまま通していた。歯なしでも案外と慣れれば苦にならないらしい。俺より都合よくできているんだなと思っていたが、それがいつの間にか歯を入れていた。

「男前が上がったではないか、早く入れたらよかったのに。これで旅行にも行けるな」

「なに歯などなくてもどこにでも行けるよ」

と、負け惜しみを言っていた。その途端にリンパ腺である。気の弱い彼のことである、精密検査の結果が出るのが怖いのか、町の開業医で治療していた。開業医のことで腫れた患部に薬を塗り包帯で巻く程度の治療であった。いつまでも通院しても埒はあかなかった。そのころ大きなボラが釣れて、毎日医者に通う途中二人で釣っていた。本当に大きなボラであった。病も忘れてお互いに楽しんでいた。そんなある日ついに痺れを切らした息子が怒った。

「そんなことをしていては命にかかわるではないか。大病院で精密検査を受けなければ駄目だ、今日今から行ってこい」

と、怒られてしぶしぶ検査を受けた。結果は心配どおりの癌系統の病気だったのである。彼のことばかりで恐縮だが、それから愛知癌センターに入院し闘病生活が始まった。副作用のある薬の使用で頭髪は抜け、食べ物の味も分からない状態に追い込まれたらしい。それでも連続してその治療に応じなければ治癒は難しかったらしい。とにかく旺盛な闘病精神により、やっと癌センターから生還することができた。これは戦地で精神的に鍛えられた賜物だろう。だいたいこの種の治療は副作用の苦しさに耐えられず、途中でやめる人が多いらしい。そうすればまた最初からやり直しである。その点彼は凄い奴だと思った。それからときどき市民館に本を借りにくるようになった。そのたびに世間話やら戦地の思い出を話して帰るのが習慣となった。ある日、借りた本をただちに返しにきた。

「なんだ、どうしたんだ」

「俺、癌で入院、手術をすることになったんだ」

「えっ、癌で。馬鹿をいえ、医者がそんなこと告知するわけがないだろう」

「いや本当だ。ごく初期らしいんだ。切れば完全に治るらしい。検査の結果判明したんだ。すぐに俺には知らせてくれなかったが、だいたい医者同士の会話で分かったよ。英語かなにかでペラペラとやっていたからな。癌でなければ日本語で話すだろう」

「そうだな。さすが元捜索隊だ、するどい勘だ。それでどうしたんだ」

「別の内科医師のところに回された。そこで聞いたんだ、癌ですかと。そうしたら、はい軽いごく初期の癌ですと、簡単に告知されたよ。それで俺安心したんだ、治らない場合は胃潰瘍とかなんとか言うだろう」

「そうだな運が良かったのだな。おめでとう」

「癌でなにがおめでたいものか。でもよかったよ早期発見できて、さっそく手術してくるよ」

と、再び癌センターに入院した。やはり再発なのだろう。彼はそのようなことを知っているのかどうか、とにかく私はそのことについては禁句であった。手術は成功し再び前にも増して元気な姿を見せ、魚釣りも始めた。その寿が久しぶりに本を借りにきた。私は藁でも縋る気持ちで聞いた。

「やい元気か、今度は俺の番だ。困ったことになってしまった」

「何をやらかしたんだ、交通事故か」

「痔が悪くてな。なにしろ尻のことだから人に見られたくないものだから、なるべく我慢していたんだが、もうどうにもならなくなったんだ。なんとかならんか」

「専門の科で診察を受けたのか」

「肛門科ではなかったが、受けたよ。でも尻は痛いなあ。神経が集中しているらしい。飛び上がるほど痛かったよ。なにかポリープが出来ていて複雑な痔らしいんだ」

「それで手術するのか」

「飲み薬と外用薬をくれたが、それと検便もする必要があるそうだよ」

「ポリープなんて言葉はだいたい癌に使われるなあ。尻癌かもしれんぞ」

「驚かすなよ、俺の尻なんだぞ。癌なんて御免だ、お前だけでいいよ」

そして二週間後、本を返しにきた寿と再会した。

「やい、なんでもなかったぞ。これでお前と同じ健康な人の仲間に入れ、安心したぞ」

お前と同じ健康な人の仲間は、彼を立てての言葉であった。それにリンパ腺に入った癌は全身に回ると聞いている。再発しなければいいがと祈るしかなかった。

「それはよかった。人間はだいたい年寄りの順でお参りするものだが、話によると七十歳を越すと五年ごとに命が更新されるらしいんだ。俺は七十を越したから、あと五年は保証されている。お前は六十八だ、気を付けないと一年か二年で終わりになるぞ」

「驚かすな。まだ死ぬもんか、これからが俺の人生だ」と答えたが、それから死という不吉なことを気にするようになった。丹波哲郎の霊界の話はそれはそれでよいとして、証明できるものではなく、言い換えれば想像なのである。そこで私も寿と二人で想像してみた。まずはっきりと分かることは二度は死ねないということである。寿は、

「なんだ馬鹿らしい。そんなことは当たり前ではないか」

「だがなあお前、夢を見ている間、起きている人の行動が分かるか。分からないだろう」

「そんな分かりきったことを言うなよ」

「では、夢の中で死んだことはあるか」

「ないな、そんなこと」

「そうだろう、その夢が霊界なんだ。夢が覚めればこの世なんだ。死ねば永久に夢が覚め

ないんだ。そして夢の中でまた疲れて再びグウーッと深い眠りに入るんだな。その眠りは約百年ぐらいは続くんだ」

「えっ、百年も。そうすれば世の中は変わっているだろうな。宇宙旅行の夢も見れるだろうな」

「いや少しも変わらないんだ。生前に見た思い出が出ては消え、また出ては消える。それを永久に繰り返すんだ。本人は百年たっても一晩ぐらいの感じなんだな」

「ほう百年が一晩で過ぎるのか、驚いたなあ。それからどうなるのだ」

「自分では死んだとは思っていないんだ。それで生前苦しめられた奴のことを思いだすと、すぐそいつに変心するんだな。身はないから、変身ではない。そしてただちにそいつのそのこころの心を残らず知ることができるんだ」

「もっともらしい話なんだなあ。それでは〝家付きカー付き婆ア抜き〟でのんびりしていた奴の気も分かるんだな」

「それは簡単に分かるよ。そして案外、苦労していたんだなと気が付くんだ」

「そしてまた眠くなって眠るのか」

「そうだ、それの繰り返しをするんだ。だから自分の生前の記憶の範囲で夢を見続けるんだ。若い母が赤子を残して死んだ場合は、その子が九十歳で死んでも、母は赤子の記憶しかないから、百年一眠りして目を覚まし自分の手元に抱き上げるんだ。赤子は母の記憶はないから、母親の夢は永久に見れない。憧れの母で終わるんだな」

「聞いていると本当のように思えてくるなあ」

「そしてまた眠りに入るんだ。今度は一眠り千年なんだ。こうして永久にあの世で生きるんだ。百億年も、あの世で死ななければこの世に出られないからな。でも良いことばかりだ。夢だから思うことができる。腹も空かないし、暑くもなく、それは良いところなんだ」

「お前行ってきたみたいだなあ。丹波哲郎ではないが、霊界の宣伝マンになれるぞ。川柳で『講釈師見てきたような嘘を言い』というのがあるが、あれにピタリだなあ。それで死んだ奴は全部そうなるのか」

「あちらにも法律があってなあ。自殺者と殺人者で罪を終えずに死んだ奴は一眠り百年の特権はない。死んでからの罰のほうが凄く厳しいんだ。また嘘で無罪を勝ち取った奴は一段と重い罰が待ち受けている。本人だけではなく守る会の者から弁護士まで同罪になる。死刑で死んだ奴はそれでよい。こちらでは普通の人と同じ取扱いを受けることができるんだ。それと夢を見る権利もないから、一人で草木を相手に何百億年と暮らすんだな。生前の罪はほんの一瞬で終わるのだから、正直にしなければ大損になるだろう」

「それから先はどうなるんだ」

「ここまでは霊界大学の課程なんだ。まだ俺にも分からん。これから世界霊界大学の大学院に入学して研究しようと思っているんだ」

「ますます話はおもしろくなるなあ。大学の教授は誰なんだ」

「十億年も前に死んだ人なんだ。言っても分からないよ」

「えーそうか、大学は誰でも入れるのか」

「死ぬとすぐ高校で、大学は一万年たてば誰でも入れるんだ」

なんとくだらない話だろうか。頭が少し変になったかな。

「俺も霊界の宣伝マンに採用してくれないかなあ。霊界なんてこんなものだろう。戦死した友はお先に失礼とよろしく楽しんでいるだろう。俺もあと何年で行けるかな」

「馬鹿なことを言うな。まだ若いんだ、魚ももう少し釣らなければいけないぞ」

明るく笑いながら帰っていった。彼が来てくれるとありがたい。時間の過ぎるのが早い。

この友が今は寝たきりで入院している。食べ物も喉を通らず、流動食である。とても全治するとは思えない。でも頑張れという以外は言葉にならない。これが先に書いた「癌の友を見舞う」の友なのである。そして、この「霊界の宣伝マン」はそれとなく霊界を知らせるために彼に読ませた文なのである。

楽しい酒

今までの人生を振り返ってなにが一番楽しいかと言えば、自分の思うことを思うときにできることである。あの人はずいぶん呑気に暮らしているな、幸せだろうな、と思っても本人はなんと味気のないおもしろくもない人生だと思うこともあるのだろう。人の目で見ては楽しさやおもしろさは分からないものである。

酒飲みは寒い中を外で働き、家族の待つ家で一家団欒の一杯の熱燗の酒が最高の楽しみと言える。このほかいろいろと楽しみはあるだろうが、この場合は自分の意思により家族の幸せを思っての苦労なのだから楽しいのである。これが自分の意思によらない、労働奉仕等に出た場合は実に苦痛に感じるものである。しかし、それが自分の意思による奉仕ならば無上の楽しみということになる。その楽しみの中にもいつでも自由に楽しめるのに、誰もやめろとは言わないのにやめる楽しみもある。

その人の名は酒である。美空ひばりの歌に「悲しい酒」がある。これは楽しい酒ではないからこの場合は話を外す。とにかく酒はほどよく飲めば百薬の長らしい。飲む奴は誰でもほどよく飲んでいるつもりらしいが、いつの間にか一升酒を飲むようになり、次第に飲まなければいられない依存症になるらしい。私も自分で判断してそれに近づいたかなとの感じが湧き、酒との戦いが始まった。これは誰に強制されるものではなく自分の意思である。だから楽しみの一つなのである。やれやれこれで何日飲まないぞという感じが、酒から逃げる一番の武器である。この挑戦は、酒席には全部出席して飲まずに終わる、この気持ちなのである。今日も勝ったんだという、その気持ちがなによりも楽しい気分にさせてくれる。

先日、三谷温泉で戦友会があった。酒豪ばかりである。飲まない奴は出席率が悪い。なぜならば戦友会でも思い出ばかりの話ではない。女の話、「七十爺いで恥ずかしい」に話題を奪われるからである。飲む奴はそれでよい、酒さえあれば天下太平なのである。私もそれであった。だが今回は飲まない奴の仲間である。なんとこれは楽しくもおもしろくもない会合である。なるほどこれでは飲まない奴は三度に一回の出席になるはずだ。だがこの会合はいつもの飲み会とは感じが違うような気がする。いつもは会合が終わり、ああよかった、酒に勝ったんだという感じがするが、今回の戦友会は飲んで皆と騒ぎたかったなあという気が先である。

やはり飲まなければおもしろくない。この違いはなんだろう、私は酒をやめられないのだろうか。そうではない、家に帰り目の前に酒があっても飲む気はしなかった。これは戦友会は別のものだろう。死線を越えて生き残った仲間だから、これからは飲んでやろう。次回が楽しみだ。今度は名古屋が当番だったかな。それにしても俺が飲まなくてみな驚いていたようであったな。コーヒーに砂糖を入れなければ、もっと驚くだろうな。これからはこの手で楽しむかな。

怒り

今日は珍しく雪が降った。道路に積もるほどではないが、屋根や立木などにはうっすらと雪化粧をしている。雪などめったに降らないこの地方では何年ぶりだろう。途中で雨混じりのみぞれとなってきた。雪はぼたん雪とでもいうのだろうか、白椿の花びらほどの雪がカサカサと音を立てているように、アスファルトの路上に落ちては消えている。

午前中は仏間で頭の体操をしていた。ガラス戸を閉め切った座敷なので、雪は今まで気が付かなかった。今朝は寒気を感じたので犬の運動をさぼり今、雪を被り帰ったところである。

さて、午後の体操だが種がなく困っている。今度は石油ストーブの赤い火がジワーッと体を暖めてくれる。台所のテーブルで始めることにする。ヤカンがジーッと音を立てて湯気を上げている。酒を飲んでもよいのだが、なんとなく飲む気がしない。昔はこんなときにはこれ幸いと一升酒を飲んだものだが、今は酒量も減り、この状態を守ろうとする気持ちが飲む気を押さえているような気もする。ここらでぼつぼつと本題に入ろうと頭が目を覚ましてきた。

戦後四十五年にもなるんだなあ。あのころは死に物狂いであった。捨てる物はなにもなく、衣類なども購入する品もなく、継ぎはぎだらけで元の布はなくなったほどであった。古着を次々と着て五年ぐらいは購入しなかった記憶がある。でも生きて帰れて幸せであった。死んで骨になり帰った戦友もいるし、また戦闘中行方不明となり人の知らぬ所で生を終え、今もその地で土と化している戦友もいることだろう。

今私はこれらの人々になにもしてあげることもできない。今ここでそのころの思い出を書いている。私は済まない気持ちでいっぱいである。人の運不運はこうも違うものだろうか。戦争中のあの時世では流れに従うしかなかったのだろうか。

私も制海空権のない海に輸送船で送り出されたとしたら、それに逆らうことはできなかった。みすみす死ぬことが分かっていても行くしかなかった。そうすれば今は冷たい海に沈んでいることだろう。そうだとしたら今はなにを訴えるのだろうか。

「命を返してくれ。名誉もなにもいらない、再び故郷の土を踏ませてくれ」

と、叫ぶことだろう。

人が死んでも名誉なんて軍国主義者が作った都合の良い言葉である。

死ねば終わりである。名誉が残ったとしてもなにになるだろう。しょせん絵に描いた餅である。生きた者の気は安らぐだろうか。死んだ者は冷たい海の底か異郷の土となっているのである。まだまだ絵ではなく本当の餅が食いたいのだろうに、死んだ者は語れない。また喜びもない。生きた私がその声を代弁したつもりであるが、どうだろう。赤穂浪士も名誉は残っているが本人は切腹である。なんと思っているだろうか。私なら名は残らなくても生きていることを望む。名誉ある死を与えられたなんて芝居の台詞でたくさんである。生きていることは素晴らしい、これが偽りのない実感である。

神だのみ

今、中東では憂慮する事態が発生している。これは私たちが五十年前に犯した罪の再現である。即ち中国を侵略し満州国を作り、独立させたあのシーンが、そのまま写し出されている。あのころと異なるのは、一つ間違えば世界は終わりとなる、恐ろしい核兵器が出来ていることである。人と人との間でなぜこのような争いが起こるのだろう。事件の起こる前に気が狂っている者に刃物を持たせたのと同様に、イラクに多数の武器を売り込んだ国々は、その武器で自分の命を危うくしている。それではどのようにして危険から逃れるかだが、正直にいって打つ手はない。イラクの好きなように纏めてもらい、平和な世を待つしかない。

日本の満州侵略のころとは武器が違う。気が狂っている者に歯向かえばどのような事態になるか分からない。駄々っ子をあやすように気長に機嫌の直るまで待つしかない。これは困った問題だ。俺の生きている間は解決を待ってくれないか。話し合いでの解決は無理だろう。

　五十年前の日本が、話し合いには応じなかったと同じで、行くところまで行かなくては治まらないだろう。日本もイラクの制裁に参加している。中立とはいえない。なにか災いがかかってくる可能性がある。もうこうなれば神様だけが頼りだ。どうか無事に治りますようにと祈るしかない。なんと情けないことだろうか。自らを守るためには武力行使もやむを得ないのかもしれない。非武装中立なんて夢の彼方に飛んでいった気がする。なんにしても今の日本は他人を頼りに生きる寄生虫のようなものかもしれない。

馬鹿者の話

一人で昼飯を食っていた。副食は大好物の目刺しに米は新米のコシヒカリである。なんと幸せなことだろうか。フィリピンの山の中で食料も薬品もなく逝った友を思えば、心が痛む思いである。午前中に四百字を仕上げ、午後はもう一枚の四百字である。書いては消し、どうやら纏まりかけてきた。今恐れることは、安全な後方で制海空権のない海に輸送船を乗り出させた馬鹿者のことである。死ぬと分かって船に乗った者にも責任はないとはいえない。死んで拒否する権利はあったはずである。死ななくてもその意思を述べることはできたはずである。その責任は俺にもある。死をかけた批判は今の生意気な批判とは異なる。それができなかった俺も後方で船を出させた馬鹿者と同じなのである。その馬鹿者が今も生きていられるのは強運ということだろうか。これからは運ではなく力で生きるんだ、亡き戦友の分までも。

光陰矢の如し

親父が逝ってはや四十年になる。満六十二歳であった。親父の兄は七十歳で逝った。そろそろ俺もその年になる。考えれば七十歳の伯父はもうその年でふらふらとして仕事どこの騒ぎではなかった。あんなに弱かったのだろうか。現在、自動車を運転して走り回る俺としては考えられないことである。でも年を思うとそろそろ逝くことも頭に浮かぶ年ごろとなってきた。「あと何年かな」「なにを縁起でもない。それなら逝きなさいよ」といつも妻に笑われている。笑われる今が一番楽しいときだ。不満に思うことはなんの心配もない退屈をどうして克服するかということである。自称作家の遊びもそろそろ飽いてきた。次はなにをして遊ぼうか。釣り、カラオケ、酒、旅行、と全部卒業した今はあの世の研究でも始めるか。お寺参りと、御詠歌では少し恥ずかしい。守りをする孫もいない。孫でもからかって遊ぼうか。済まないなあ戦友、お前が死ぬからいかんのだぞ。

幸せ

明日は氏神様の祭だ。私はこの幸せの中に、いつかこの幸せに巡り合える日を夢見て苦悩の中で逝った戦友の姿が思い浮かび、済まない気持ちでいっぱいである。思えば四十六年前、いつ終わるでもない戦争に疑問を持ちながら、木もまばらな赤土の山に宿営し故郷と同じ紅葉した立ち木を眺めていた。薄雲の空を仰ぎ、必ず帰りもう一度祭を見よう、と二人で誓い合った切ない持ちが思い出される。あの環境から予想だにできなかった祭が明日迎えられるのである。帰還後たびたび迎えたこの祭も、どうしたわけか今年は一段と心の中に寂しさが感じられる。なぜだろう。そのころの寂しさを心に浮かべ、机に向かっているだろうか。口では表せないなにかがあるようだ。この寂しさは、この幸せを自分一人で甘受してよいだろうかと思う、幸せ過ぎる贅沢な悩みなのだろうか。再び帰らぬ戦友の姿を心に描きながら。

合掌

四百字編

無知の本音

これは誰かの作品『無知の涙』を真似た題である。新聞紙上で歌集の出版という記事はたびたび見る。何百首を作り総仕上げとして記念の出版にこぎつけた、という記事が多いようだ。偉いものだなあ、とそのころは感心していた。今回、自分の落書き集を出版するに当たり、初めてその歌集というものを手にしてみた。感じたことは一頁に三首載っているだけである。それで三百頁の本とは無駄なことに思えた。詰めて載せれば二十頁で終わるだろうに、それでは本の値打ちがないのだろうか。それとも三首の歌をそれだけ味わって読めとでもいう意味であろうか。字数にすれば原稿用紙十枚である。歌に趣味のない俺では、貰っても仕方のない読み物とも思えた。出版する人は俺と同じ遊びの心なのだろうが、俺と同じで今から読んでくれる人を探さなくてはならないだろうな。俺の本も貰ってくれる人がいるとよいのだが。

自叙伝なんて

最近、功なり名を遂げた人々が競って書くこの自叙伝は、書く本人としては人々は関心を持って読んでくれると思っているに違いない。だが事実はこれに反し、本棚の隅で埃を被って過ごし、一、二年の後、ちり紙交換に出されるのが落ちなのである。教科書と同じで、人の自慢の話などおもしろくもない読み物なのだからである。でも競ってこれを欲しがるのは、書いた人に対しての義理か媚びを売るためなのである。私はこのようなことは嫌いだ。おもしろくないものは、おもしろくない、とはっきり言うのが私の信条なのである。でも本を読むのは好きだ。その中で有名人の書く文章でも何を訴えているのか判断に迷うこともある。書いた本人は分かっているのだろうが。有名人が書いたのだから、それでよいと読む人もいることだろう。これは私の、今は亡き鶴田浩二の台詞で、「生意気な奴だと、お思いでしょうが」と言いたい場面なのである。

大風呂敷

今日は氏神様のお祭だ。でも朝から雨が降っている。今年は近年になく雨が多い。これでは農作物もお手上げだ。困るときの神頼みである。こうして机に向かっていると雨の音だけがピシャリ、ピシャリと聞こえる。その音が気になる程度でよくもここまで生きたり、という気持ちで幸せいっぱいの感じである。この中で書く文章は読む人にどのように感じられるだろうか。まず第一にフンと一瞥もされずに屑籠に入れられるだろう。有名大卒の人が書いた文章なら先の自叙伝と同じで、一瞥ぐらいはしてもらえるだろうに、なんともかわいそうな文章である。人と同じで、生まれる家「書く人」が悪かったんだ。でも同じ境遇の人々が見れば少しは気にかけてくれるかもしれない。その人の現れるまで静かに眠っているんだな。それでいいんだ。今が幸せならば、俺は誰にも負けないのだから。でも今から総理大臣になるのは無理だろうな。

怪人二十一面相

年寄りの贅沢な遊びが最近、筆名まで作り、出版というとんでもない作家ごっこに変わってきた。一流の作家のつもりで残り少ないではない、多い人生を楽しんでいる。そこで振り返ってみて、文章を作るについてはなんの知識もない俺である。笑われることは気にしていないが、そうそうに文章の区切りのことで笑われた。我流の作文で自分しか読めない文章なのだろう。そうした時期に怪人二十一面相の警察に挑戦する文章が思い出された。「機能の針混みの奴等はどこの物なんや、あレでわ花垂れ古増でも味破ルわ、もう少し増し名奴尾ラへんのんか、あれでわ哀手にもなれへんは、場可らしゅうて」とまあ、よくも当て字で書いたものである。これは頭の良すぎる奴が書いたのだろう。俺の文章の点や丸は字に例えるとこれなんだなあ。頭の良い奴は凄いんだなあ、俺は恥ずかしいよ、これで出版なんて。今日はこの羨望で終わる。

頑固親父

自称作家では仕方ないことかもしれないが、文章を作るのは難しいものだ。自分で読めればよいというものでもないらしい。自分としては意味が分かればよいという気持ちで書いた自信作が、恥の上塗りであったようである。点と丸についてはある新聞記者に予め聞いてはいた。それはどこに付けるという規定はない。ただ読む人の読みやすいように区切りのところに読点を打てと教えられ、そのように打ってみた。その結果が自分としての区切り点が人には区切り点でなかったという結果と出たようである。これは読む人により、その点と丸で文章の意味が著しく異なる場合のほかは仕方のないことだと思っている。いずれにしろ、これからも遊ばなくてはならない。そのようなことに拘っていたら作文の手が鈍ってしまう。これからも笑う奴は笑えで自分の方針で続けたいと思っている。これは俺が生まれついての頑固親父ということだろうな。

出版祝賀パーティー

最近、このニュースが新聞を賑わしている。俺に言わせると出版なんて、なんのめでたいこともないただの遊びなのである。パチンコが嫌いだから作家ごっこで過ごしているに違いない。これに関連して誰それが本を自主出版したと写真入りで報じられている。このようなことを書かれて恥ずかしくないのだろうか。本を売る宣伝なら話は分かる。でも素人が書いた物など買う人は親類縁者しかいるわけがない。これは人をアッと驚かすには最善の方法だからなのだろう。俺がそのようなことになれば「またあの法螺吹きが」と陰口を言われるのが落ちである。俺は本が出来たらサッと送りつけて、そ奴の驚く顔を想像して楽しもうと思っている。出版祝賀パーティーなんて御免だ、遊びの邪魔になるだけだから。でも要らない心配かもしれない。誰もそのようなことは気にもかけていないだろうからな。今日も机に向かって楽しんでいる。外は今日も雨だ。

でかんしょ節

年老いた青年が白線のついた学生帽を被り、見ただけでも暑そうな鳶のマントを羽織り、厚い歯の高下駄を履き、踊り狂うのがばんから隊である。その心の中は俺は何大卒だのと優越感でいっぱいなのである。でもこれは無学者の僻みにもとれる。世はそれぞれの人々で保たれているが、これは機械の歯車とは異なる。機械は一つの歯車の故障で終わりだが、細胞は一つや二つ壊れても動く。ばんから隊も馬車引きも同じ細胞なのである。世の中には見た限りでは相当な教育者だが、どの講演会でも同じ話ばかりしている人もいる。落語ではない、時には話題を変えられないだろうか。これも、ばんから隊の一員なのである。馬車引きも遠慮はいらない、堂々と立ち向かうことだが、無学の悲しさから一歩下がる気持ちが抜けないのだから困る。これは馬車引きの責任だろうか。生意気な口だけでは駄目のようだな。明治、大正の青年頑張れよ。フレー、フレー。

虫酸の走る奴

我田引水、こんな感じの者は明治か大正生まれの頑固者しかいない。正義派ぶって人の批判ばかりして、己のことには気が付かない愚者のことである。この中にはもちろん俺も入っている。これは今までの綴り方を読み返して初めて知った。即ち自分の努力の足りない点は人のせいにし、針を棒にして書いている点にある。こんな文章を読んだら、待っていましたと書いた人を批判をするに違いない。こうした奴を虫酸が走るというのである。これは浅ましいとも思える我の強さから妥協の心のなさが原因だと思う。要するに俺には素直さがないのだ。私見を入れた文章を発表するのが怖いのである。これは自信がないくせに生意気な批判をする証拠である。素直とは我を捨てて長い物に巻かれることだろうが、それは俺の一番嫌いなことだ。聞けないだろうな、この虫酸の走る男では。

理髪屋談義

今日は散髪に行ってきた。もうこの年だから丸坊主にとも思ったが、理髪店の主人に止められた。鏡を見ればまだ黒々とした髪がのこっている。まだ若いんだと自然に健康の話に入っていった。

「寛之さんは糖尿で凄い値が出ているそうですよ。目に表れなければいいですがね」

「糖尿は食事療法しかないと聞いたが、自分で節制するしかないのだろう」

「それができないから、困るんですよ」

「アル中と同じなのだね。食べたくても食べられない、我慢の一手なんだね」

「あの人はタバコもやめられないんだ、節制なんて無理でしょうね」

そうか、自制心のない人は死ぬしかないんだ。生きるためには戦わなくてはいかん。そうした闘いも人生の楽しみの一つと思えばいいんだ。心頭を滅却すれば火もまた涼し、ということだ。

でも俺は御免だ、糖尿なんて。

生意気な批判

文学賞候補作家が自殺した。なぜこのように作家の自殺が多いのだろう。有名作家のほかに、新聞の種にもならない無名作家もいるに違いない。この人たちの心は常に現世から離れ、あの世に出入りしているのと違うだろうか。幻想の中で遊ぶ浮き世離れした気持ちが人を引き付ける文章となって表れ、この世から逃避したい気持ちと変わるのだろう。私も夢中になり、ふと我を忘れることもある。そして文章の完成したときに空しい思いもする。これは空想の世界に出入りするのではなく、書きたいが次に書く構想がないからである。

話は変わるが、ある週刊誌に作家気取りのタレントの悪文番付が載っていた。私はこれは愛嬌だと思うのである。批判するのは想像の夢の世界に入れない人なのだろう。自殺した文学賞候補者ならこんな批判はフンと笑い飛ばし、話の種にもしないだろうな。違うかなこの思いは。これが自称作家の生意気な批判である。

家庭教育学級

今夜は地区市民館で家庭教育学級があった。講師は校長を経験したベテランの教師で、話の内容は地区の中学の学業の成績についてさまざまなデータを基に始められた。それによると地区の中学の平均成績は、愛知県の平均をかなり下まわるとの説明であった。平均だから生徒の進学にはあまり関係はない。これは零点や低い点を取る生徒の数が多いということである。平均点を上げるには、これらの生徒は一級に纏め基礎学科からやり直すことである。しかしそのようなことをすれば、落ちこぼれ生徒を区別するなと猛烈な反対が起こるに違いない。追い付くための教育に反対するのは、平等の精神に反すると思うのだろうが、かわいそうなのは落ちこぼれで通すことである。教育についてもっともらしいことは言っても、結局は教える人の都合に合わせているのではないだろうか。家庭と学校と連絡を密にして、子供のための教育が大切だと思うのである。これが自称作家の提案である。

優しい子

学校に通いながら勉強の嫌いな子もいる。これは分からないから嫌いになるのである。誰でもチンプンカンプンの理論を聞かされてもおもしろくないのが当然で、この子たちは自分を欺いて突っ張りに走るのである。内心は優しい子なのだから、勉強好きにするには中学生でも小学生の基礎から教えることが肝心である。分かればおもしろくなり、勉強好きとなるに違いない。基礎の分からない子には学校側で特別な学級を勧めることになるのだろうが、家族としては身を切られる思いがするだろう。しかし、本当はその子のためにそうした処置が一番の方法なのである。突っ張り少年はそのような子供の中にはいない。こうした子供は指導によっては級一番になる可能性もあると思う。暖かく見守ろうではないか。

「落ちこぼれが、小六の初めから頑張り出して四注、針高、灯台に進んだ奴もいたなあ」

これは自称作家の子供のころの回想である。

男の掃除

玄関の庭には靴が散乱している。スリッパはあちこちに脱ぎ捨てられている。新聞や衣類も脱いだまま、読んだままの状態で散らばっている。これではどうにも居心地が悪い。手際よく納める場所に整理し、やれやれの瞬間であった。チラリと見れば机の上に僅かな埃というか、塵というか目障りな物がのっている。本来ならば雑巾で拭き取るべき物であるが、さきほどの散乱ぶりからして問題になる感じではなかった。面倒な奴とばかりフーッと息を吹きかけ、掌でこすり片付けた。運の悪いときには悪いもので、ある人にその瞬間を見られてしまった。

「アッ、それ今雑巾で拭こうと思っていたのに。これだから男の料理や掃除は嫌いなの、見ていなければなにをするか分からないから。これからは、手を出さないで」

と、怒られた。喜ぶときもあるのに運が悪かったんだ。でもこんな運ならいくら悪くても我が家の運には関係ない。これからもやるぞ。

虚脱感と遊ぶ

時計は九時半をさしている。ソファーに座りなんとなく部屋を見回していた。南向きの具合か柔らかな陽射しが部屋を暖めている。なんとなく寂しい。目的を失ってなにかに追われている感じさえする。妻は趣味の御詠歌でお寺に行ってしまった。昨夜の雨で畑は湿って入れない。車は妻に乗っていかれ、魚釣りにも行けない。自称作家の真似事も種が尽きてどうにもならない。退屈だ。働き盛りのころに望んでいたことがこれだったのか。

人は苦労するときが花だ。我に七難八苦を与えたまえと祈った武将があったと聞くが、その心も分かるような気もする。なにか趣味を持てばよいのだろう。

「贅沢を言ってはいかん。これが俺の趣味なんだ。捨てたらなにも残らんよ」

そうだ、大事なことを忘れていた。近いうちに立派な本が出来るんだ。苦労して心配を探さなくてもいいのだ。それに今日は日本晴れだ。やるぞう。

つもり族とながら族

外は雨だ。誰も追ってはいないのに追い立てられる感じで机に向かっている。これが自称作家の作家病なのである。ほかに遊ぶことがないからなにか書きたい。だが書けないこの心境なのである。一流の作家がこの世から逃避する心境と同じなのだろう。一文にもならないことでこのように熱中するのは、つもり族の特徴なのである。即ちなにかをしたつもりで金を残すケチな人種のことで、もっとも顕著に表れるのは魚釣りである。つまり、餌を買う金で魚を買った方が確実でうまい魚が食えるという考え方なのである。考えようによっては、これらの人々のなにかをしたつもりで倹約した結果が戦後の復興に役立ったとも思える。

もう一つながら族というのもある。つもり族とは異なっている。遊びながらなにかをするという民族なのである。これは生まれつき異なる民族で、俺も入りたいのだが無理だろうな。考え方が男と女ほどの違いがあるのだから。

格好つける先生二題

格好つける先生には二通りある。その一つは生徒に格好をつける先生で、これは出世を無視した先生によく見受けられる。もう一つは教育に真面目な先生で、教育関係の上層部の顔色で動く先生である。こうした先生は、自分より目下と見れば、知っていればやらないが、例えば射殺魔の永山則夫のような名文でも修正して、蛙の面に小便をかけたような平気の顔でいられる先生である。出世しない先生は自分の本音を出せる先生で、極端なのは教科書も使わないで担任を外され、裁判で争ったり、校長でも糞でも食らえと生徒のために言うことは言い、また生徒を守るためには暴力団にも立ち向かい、いやというほどぶん殴られる先生である。さてどちらが良いだろうか。これは俺にも分からない。でも先生は校長になって初めて世間であの先生と認められる。これは考えなくてはいかんと思うが、さてどうかな。自称作家の生意気集より抜粋。

苦しみを越えた人々

浮き世荒波よいしょと越ええてー、と男の歌が聞こえてきた。今日はその人たちの福祉大会である。自分もその仲間であるが、見れば足元のふらつく人も見受けられる。この人たちは戦中戦後と苦しみの中を堪え忍び生き延びた人々なのである。中には生粋の軍国思想で苦しみを人に押し付けた人もいることだろう。でもそうした恨みや悲しみはこの人たちには見受けられない。みな一様に平和を楽しみ、生きる喜びをからだ全体に漲らせてこの大会を楽しんでいることがひしひしと感じられる。金婚、ダイヤモンド婚と表彰台に上る足元は緊張のせいかなんとなく、ぎこちない感じがする。自称作家が表彰されるとしたら、おとなしく緊張するだろうか。おそらくこの頑固者では謹んでお断わり申し上げるに違いない。こうした大会をこのような目で見る臍曲がりだからである。でもありがたいことだ。このような盛大な福祉大会が開かれたのだから、俺も素直に楽しむ心にならなくては罰が当たるかな。

伝道する心

人は十人十色というが、それが顕著に表れたのが今度の旅行である。お寺の計画したある伽藍の竣工記念法要を兼ねた旅、というよりは修行のような感じの旅行であった。慰安旅行の感じで同行した人はなんとなく不満な言動が目立ったようである。聞いた言葉は紙数の上から省略するが、修行の意味で参加した人はこの上もない楽しい旅のようであった。この両者の言葉を聞いた今回の旅に不参加の私の感じとしては、どちらが良いのか分からなかった。それぞれの楽しみ方があるからである。だが、これを聞いてその感想を心の中に納めておける人が修行の積まれた人のように感じた。すなわち、あちらの話を聞けばそれに同意し、またこちらの話を聞き賛同するのは、人の屑のような感じがするのである。この旅を計画したお寺の関係者は、その中間の立場でそれぞれの人をその感想の中で導く、これも商売なのだろうか。伝道は難しいものだと思った。

娯楽編

夫婦ごっこ

いやあ、今日も暑い。中沢智司、五十七歳は今日も畑の隅の木陰で休んでいた。九月中旬ともなれば朝夕はだいぶ涼しい。だが日中は八月の暑さとはまた違った暑さである。まるで焚き火のような熱さである。別にこれといった畑仕事もしないが、家に閉じこもっているのは辛い。こうして土と戯れることのできるのは、なにより贅沢といえるだろう。思えば激しい人生であった。終戦の年に小学校を卒業し、進学に目を向けることもなく、戦争の怖さと食料不足の中で腹を空かしていたころが懐かしく思えるのは、今が幸せだからだろう。今畑に来ているのは、仕事ではなく遊びなのだ。またこれほど畑仕事が楽しいものだということも、今まで知らなかった。

「あなた、無理しないで」

「うん分かった。俺も勤めのころはお前に無理を言ったな。今やっとそのころのお前の気持ちが分かったよ」

「そうね、私の頼みは一度も聞いてくれなかったわね」

「勤めのころは、家ではなにもしたくなかったからな。それが今は畑仕事が自分の仕事となると違うんだ。でも、それが人に頼まれた仕事となると別だ。なんとなく疲れるんだ」

「生まれつきの怠け癖なのね」

「そうかもしれんな」

「今日私、用事があるの」

「ああいいよ。遊びのようなものだから」

こうした畑仕事なので気楽なものだ。今帰ってもよし、また、いつまで休んでもよし。でも人の目もあることなので、あまりの無茶もできん。そろそろ始めるか。こうした幸せの中で勤めのころの自分の姿を思い浮かべていた。

これといった恋愛経験もなく、家庭と役所を往復していた。そのころの遊びは気の合った仲間と安酒を飲み歩くことくらいであった。だが智司は一人で酒瓶を抱え、ちびり、ちびりとやるのを好んだ。たまにクラブに付き合っても、黙々と飲むだけで、楽しむというより、むしろ苦痛であった。

「こちらの方、静かな方ですね。私こうした方大好きよ。初めての方ね」

「いや彼は、見かけによらん男でね、仕事では一番元気なんだ。酒も強くて酔った姿を見たことがないからな」

「あら、やはりそうなの。私もそんな方と見ていたの。頼もしいわね。おひとつどうぞ。グイとあけて私にお流れくださいな」

「どうした智司。いつもの勢いはどうしたんだ。グイとあけて返してやれよ」

これだからいやなんだ。一人で飲むほうがよほど気楽だ。仕方ない飲んで返そうとグイと飲み干した。

「まあお見事、痺れるわ。かけつけ三杯よ。もう強いの分かったんだから、さあどうぞ」

ここで、なにかうまくかわす話ができればクラブ遊びもおもしろいだろうに、悲しいかな無言で飲むことしかできない。

「やあ、お見事。続けて、続けて」

仲間はおもしろがって酒の肴にしている。

「そう苛めるなよ。あまり苛めると、もう付き合わんぞ」

「それでは歌はどう。一度歌えば度胸がつくものよ。ねえ前川さん」

また嫌なことが始まる。もう二度と来るのはやめよう。智司は震えてきた。

「度胸がつくなんて失礼だよ。これの歌はプロ顔負けなんだ。先に歌われたら俺たち歌えないよ。もうレベルが違うんだから」

「まあ、そうなの。それならなおさらよ。ねえ一曲歌って。前川さんも、一緒にどうぞ。『夜霧の慕情』などはどう」

智司は身震いがして思わず腰を浮かした。

「歌ってくださるの。私も一緒に歌わして」

うわあ、始まるぞ。大統領、拍手とざわめいてきた。仕方ない歌ってみるか。三人だから口をパクパクしていればよいだろう。誰が決めたのか、もう「赤城の子守唄」のメロディーが流れ出した。それをきっかけにクラブ回りが始まった。そのクラブ回りが多少板についてきたころ、智司は初めて女性に声をかける機会にめぐまれた。

「もう一軒行こうか」

「まあ珍しい。智司さんが誘ってくれるなんてうれしいわ」

「言ってみるものだなあ。手厳しく跳ねつけられると思ったのに」

「なに言ってるの、私いつも待っていたの。智司さんはもう一押しが足りないのよ」

「行こう。」二人は歩き出した。ちょうど同じ方向に帰ると思ったのか、誰も気が付かなかった。

「それでは、『白菊』に行こう」

「そうね、あそこはいつだったか、智司さん調子に乗って何曲か歌い、席に戻るとき椅子につまずいて転んだことがあったわね」

「いやあ、あれは失敗だった。あそこには君によく似た外人さんがいたね、たしかフィリピンの人だったと思ったが」

「そうね、お店も明るくいい感じの店だったわ」

「君は歌わないんだね」

「私駄目なの、人の前では喉につかえて声が出ないの。歌えば楽しいでしょうにねえ」

「僕も歌わなかったが、一度歌ったら、マイクを持ったら離さなくなってね」

「クラブで遊ぶのが楽しいでしょう」

「いや、遊びを知らないから、歌でごまかしているだけだ」

「では、これから『白菊』でごまかすの」

「いや、君と二人でこれから本当の遊びを体験しようと思うんだ」

「知らない同士で、うまくゆくかしら」

話しているうちに、お目当ての「白菊」に着いた。店はちょうど時間が込み合っていた。

「あら、お久しぶりね。珍しいわね、お二人で。智司さん、どこかへ行ってたの、今日見えるか明日見えるかと、いらいらして待っていたの。指定席はいつも空けてあるの。さあこちらへ」

心を揺さぶるようなお世辞で、一ヶ所だけ空いている席に案内した。隣の席では職場の仲間らしい男女五名で賑わっていた。メーンテーブルでは五名の男が話し上手にマダムを笑わせている。よし今夜は思いきり楽しもう。だが、どうすればよいのか分からない。なんとかなるだろう。とりあえず水割りとするか。

「君はどうする」

「そうね、ビールいただくわ」

山脇佐智子、三十六歳はまだ独身であった。背は高くないが目鼻の整った小柄な八頭身の人好きのする感じの娘であった。なんとなく引きつけられる自分の気持ちが分からなかった。また、遊びを知らない自分についてくる娘の気持ちも分からなかった。さて座ってはみたものの、智司は話題に困った。どうしても他人を笑わす話ができない。だが黙ってもいられない。

「君、朝は何時に起きるんだ」

「六時よ。独り暮らしだから、朝食はインスタント物で呑気でいいわ。でも私の同級の子はみな結婚して子供を育てて、明るく暮らしているわ。子供ってあんなにいいものかしら、糖味噌女房というのか、忙しさも楽しみの一つらしいのね。私も結婚してあんな暮らしがしてみたいなあ。でも今も最高よ。だから困るのよ」

「そうだね。独り身の呑気さが身についてはなかなか、ふんぎりがつかないだろうからね。僕らも楽しみや呑気さは味わえなかった時代だったからね。だから遊びも知らないんだ。今ごろ人並みに遊びまわっているが、一人でクラブに来たのは初めてなんだ」

「そうなの。でも堂々としてるじゃないの。私も人並みに、恋愛してみたかったわ。でもいい人が現れなかったの。だからいかず後家ではなくいけず後家になってしまったの。早く智司さんが現れたらよかったのに」

「では僕が子供をつくってあげようか」

「そう、ぜひお願いするわ」

「それがよいわ。お似合いのご夫婦じゃない、秋茄子では子供できないから」

マダムも加わりどうやら、話らしい話になってきた。

佐智子はいつも静かに辺りの様子を観察するようにポツンと座っていた。そうした者同士の心が通じ合ったのか、話は続き、いつの間にか十二時を過ぎていた。

「お名残りおしいですが、終了の時間となりました。また次の機会のおいでをお待ちしております。今日はどうもありがとうございました」

と、追い出されるような結果となった。智司としては初めての経験であった。

「帰ろうか」

「そうね」

「おいタクシーを頼むよ」

「はい、表で待たしてあります」

「手回しがいいな。もう少し話したいが仕方ないな」

「いつもこの調子でやればよかったのだね」

「私も本当に楽しかったわ」

話の終わらないうちにタクシーのドアがあいた。

「どうぞ」

「ありがとう。僕、見送ろうか」

「いや一人で帰るわ。夜中に男の人に送られるの見られたら困るもの」

「そうだね、では気を付けてね」

智司はなにか体に風穴があいたように感じた。だが、佐智子と男と女の関係に入るなどとは夢にも思わなかった。楽しい思い出だけが残り、その夜は終わった。こうした機会がまたすぐおとずれた。今度は和風の居酒屋であった。佐智子は早ばやと智司の側に座りこんだ。

「おい今日は佐智子ちゃん席が違うね」

「ええ私智司さん好きなの。だから一緒よ」

「今日はなんだか雲行きが怪しいぞ。当てられっぱなしだよ、始めから」

ガヤ、ガヤといつもの宴が始まった。今日の智司はいつもと違っていた。

「この前、家に帰ったのは何時ごろだった」

「一時ごろだったと思うわ。ちょうど用事で兄が来ていたの。よかったわ智司さんと一緒でなくて。見られたら、夜の外出を止められるところだったわ。いくら言い訳をしても聞いてくれるような兄ではないの」

「そうかね。いくら清い交際でも他人はそうは見てくれないからね」

佐智子は独りで小さな家を構え、のんびりと暮らしていた。なに一つ不足はないが、なんとなく物足りなさも感じていた。

「智司さんお魚好きでしょう」

「うん大好物だよ」

「私も大好き。カレイの煮付け頼みましょうか」

「そうだ、うす味のカレイの煮付けは身が軽くてうまいね。僕と君はなんだかすべてのことが一致するようだね」

「カレイの煮付け二つお願いします」

「へーい、カレイの煮付け二つ」

と、威勢のよい声がかえってきた。しばらくして、

「お客さん、申し訳ありません。カレイがちょうどきれまして、一つしかございません。他の魚ではいけませんか」

「仕方ない、それでは一つでいいよ」

湯気のたつ、カレイ煮が運ばれてきた。

「智司さんどうぞ」

「いや君に譲るよ」

お互いに譲り合い、二人で分け合うことになった。

「よう当てられるなあ。見てられんよ。どうした風の吹きまわしなんだ」

仲間の驚きの声を聞き、その夜は終わった。

木陰で休みながら智司は、ほのぼのとした過去の思いに浸っていた。あれから佐智子はどうしているだろうか。兄と妹のような清い交際で、人が見るような感じは露ほどもなかった。たびたび家にも立ち寄り、妻の松子とも親交が深かった。そんなとき、

「お前らの仲は評判だぞ」

と、良からぬ噂を聞きピタリと交際をやめてしまった。この後の佐智子の誘いにも乗らなかった。たとえ冗談としても聞いた以上は智司の性格として、身を引かざるを得なかった。その佐智子に今も引き付けられる感じを抱くのはなぜだろう。退職後の智司は暇にまかせて、頭の体操を兼ねて文集を書いていた。

自称作家である。約一年かけてやっと自信作ができ上がった。だが学のない智司の独りよがりの作品では人には読んでもらえない。そこで相当の方に依頼して批判を仰いだ。結果はさんざんであった。智司は自信を失い、悶々とした日を送っていた。あれほど好きな

魚釣りもやめ、作文も手につかず、家に閉じこもり、楽しみな土いじりもやめてしまった。

松子に、

「ねえ、あんた最近元気がないようね、どうしたの。たまには私と畑に行きましょうよ。どうしたの、あれほど元気に毎日通っていたのに」

「うんなんでもないよ。誰でもときにはなにもしたくないこともあるさ。心配するな」

「でも変ね、お酒も飲まないいし」

「いいというのに」

松子は仕方ないという顔で、一人で出ていった。

「よし、それでは友人のプロの作家に批評してもらうか。彼に見せるなら恥にもなるまい」

智司は修正しない文章をそのまま送ってみた。そして一日千秋の思いで返事を待っていた。約一ヶ月後返事が来た。

自分史ならこれでよいではないか。よい頭の体操をしているな、ボケ防止にはよいだろう。俺は頭でなく体の体操がしてみたいよ。なにしろ意味が分かればよいのだから、この文章は素人らしく纏まっている。自信を持って続けるようにと書かれてあった。

智司は安心した、それぞれ異なる人の批評だから異なるのは当然だろう。だが、あまりそれを気にしないことが大切だと気が付いた。それに加え大きな自信も湧いていた。よし、これを佐智子に送ってみよう。なにも関係のない手紙を出すのはなんとなく気が引けるが、作品の批判を仰ぎ、併せて近況を知るには最善の方法だろう。こうして次のような手紙も同封した。

拝啓　突然の手紙に驚いたことと思います。お元気ですか。私は元気に暮らしています。川合さんの言によれば、今回の異動により豊山方面に代わられたとのこと、ご苦労様でございます。今までのままだと、たまには顔を見ることもできると思いますが、豊山ではそれもかなわないと思います。別にそれでなんということはございませんが、同封の文集に目を通してくださいませんか。なにぶん素人のことで文法などはでたらめだとは思いますが。現在はこのようなことで毎日を過ごしています。突然の失礼をお許しください。では元気でお暮らしください。

敬具

そして大きな封筒に入れ、封をした。よし、これでよい。明日ポストに入れよう、とテレビの前にごろりと横になった。

「おや、あの犯人が逮捕されたか。早ばやと捕らえられ安心だなあ」

と松子に話しかけた。松子は、

「佐智子さんに送る文集準備できたの」

と別の返事が返ってきた。

「できたよ。でも伊予橋の殺人事件解決してよかったなあ」

「そうね。殺された方、四十歳で佐智子さんと同じ年だったのね」

「うんそうだ。だから気にしていたんだ」

と、続いてニュースを見ていた。

あれ、犯人は俺と同じ六十一歳ではないか。智司は複雑な気持ちになった。

「やめた送るのは」

「どうしてやめるの」

「この事件を見て、なんとなく自分も後ろめたい気がするんだ。佐智子の様子を知りたい気持ちが自分で嫌気がしてきたんだ」

「そうね。佐智子さんはなんと思うでしょうね」

「だからやめるんだ」

そして、そのまま書棚に入れて、いつの間にか忘れる結果となった。二ヶ月が過ぎ、これらのことは完全に忘れていた。だが、それでは小説にならない。ある日突然、佐智子が訪ねてきた。

「お久しぶりです」

「あら佐智子さん珍しいわね。何年ぶりかしら。昨日も噂をしていたのよ」

「お父さん、佐智子さんですよ」

「えっ佐智子君が来た、こんなことってあるのか。これは奇跡だなあ」

独り言を言いながら、出ていった。

「珍しいな。退職後初めて顔を見るね」

「そうね。お元気のようね。顔を見て少しも変わっていないわ。若々しくて一緒に遊んだころと同じね」

「ありがとう、お蔭で元気でやっているよ。まあ、そこではなんだから、入ったら」

「仕事の途中だから、お顔を見ただけでいいの」

佐智子の気心は知っている。勧めても駄目だろう。だが、その顔の明るさは偽りのない喜びの顔であった。つもる話もしてみたい。だが、それもできない。松子は、

「あっ、この前送ろうとした文集ちょうどよいから、差し上げたら」

「うん、あれか」

「あれってなんなの」

「僕の下手な文集でね。君に読んでもらおうと思って支度はしてあるのだが、忙しくて忘れてしまって。ポストに入れるだけになっているんだがね」

「ぜひ読ませていただきますわ。今日お顔を見に寄ってよかったわ。私、運が良いのね、相変わらず」

智司は喜んで文集を取りに入った。よかった、やっと自分の胸中を佐智子に知らせることができそうだ。

「これなんだがね。人に読んでもらえるような代物ではないが、読んでくれるかね」

「嬉しいわ。智司さんの文を読めるなんて」

佐智子は受け取ると胸に抱きこんだ。文集には次のような文が載っていた。

「犬を追い払ってくださった後日、私が話しかけようと思っても、あなたは嫌いになったみたいに逃げてばかりで、私寂しかったわ」

「よく覚えているね。あのときは本当に逃げていたんだ。君に迷惑をかけてはいかんと思ってね」

「遠慮ばかりして。でも、そういう邦夫さん私大好きよ。今度のお見合い写真が邦夫さんに似ていたから来たのよ。電力会社の方だからもしやと思って」

「ありがとう。僕ももしや君ではと思っていたよ……」

これは淡い智司の気持ちを綴ったものであった。佐智子に分かってもらえるだろうか。こうして文集は佐智子の手に渡った。

それからまた頭の体操生活が始まった。ときには松子と一緒に畑の土と遊ぶこともあった。ボロの軽トラックで軽い会話を交わしながら、今日も出かけた。運転は同乗の場合は智司である。

「田原の山本さんのご主人倒れたそうよ。大変ね、頭の血管が切れたんだって。三日も意識がないそうよ」

「頭ではなあ、すぐにはどうにもならんらしいからな。俺の知った人で同じ病気で倒れた人がいたが、苦しいらしいね。病床で凄く暴れたそうだよ」

「そう山本さんも苦しがって、見ていられないそうよ。困るわね、そんなになると」

「もし俺がそんなになったら、治らなくてもよいから苦しませないでくれよ。麻酔でスヤスヤと眠らせておいてくれ。今から頼んでおくよ」

「なによ縁起でもない。私のほうが先よ」

「お前はいつも楽をして、体を使っていないから、長生きするよ。最後は独りぼっちになるぞ。いつまで生きるか見ものだなあ」

「山本さんは、凄い働き者だったそうよ。休みの日でも家庭の仕事よく手伝ってくれたそうよ」

「俺と同じ働き中毒だったんだなあ」

「まああなたが働き中毒だって。そういうことは自分で言うことではないの。ひとさまがちゃんと見ていてくださるわ。あなたが九時に畑に行き十時には帰ることを」

「お前、頭がいいんだな。道を間違えたな、政治家になればよかったのに」

たわいのない話をしているうちに畑に着いて、

「さて、今日はなにをするかな」

「あなたの目では仕事はないの。私が見れば仕事だらけよ」

「なにをしたらいいだろう」

「そんなこと自分で決めなさい」

こうして一日が過ぎていった。

今日は珍しく雨だ。テレビの前にごろりと横になった。俳句教室をやっていた。あまり興味はないが見ていた。

「分からないものだなあ」

見れば、例に出される俳句がことごとく、修正されている。これでは修正された句を、時を経て出せば元の句に修正されるか分からない。いや、そんなことはないだろう。それほど奥が深く、どれにも当てはまる語が多いのではないのかな。見ているうちに眠くなってきた。今朝、松子に内緒でコップに半分飲んだからだろうか。心地良く、うとうととしてきた。突然、電話が鳴り出した。せっかくいい気持ちになりかけたのに、としばらく鳴らしていた。松子はどこへ行ったんだろう、えい、仕方がないと受話器を取り上げた。

「もしもし、中沢です」

「あっ、智司さん。私です」

「あっ、君か。女性からの電話もときどきかかるが、君からの電話は初めてだ。君の声はすぐ分かるね、役所のころ聞いたままなのに」

「あら、そう。私も智司さんの声はすぐ分かるわ。今忙しいの」

「忙しいといえば忙しい、暇といえば暇なんだ。どうでもよい仕事をしているんだから。でも、なぜそれを聞くんだ」

「電話がいつも留守だったからよ。これで五回目なの。今も危うく切るところだったの」

「いつも午前中はいないからね」

「あら奥さんも」

「うん、最近勤めに行ってるんだ。わずかな稼ぎなどやめて家にいてくれたほうが助かるんだが、勤めがおもしろいらしくやめないで困っているんだ。君、家で下宿しないか」

「ふふ、話が飛躍するのね。ところで文集ありがとうね。読み出したら吸い込まれるように一気に読んでしまったわ。それに登場人物の邦夫さんは、智司さんに生き写しね」

「嘘でも、そう言われると、うれしいよ」

「それにみつさん、なんだか私みたいだわ。でも、若くて亡くなるのはいやね」

「あれは物語だ、気にしてはいかんよ。ところで今日の電話はほかになにかあるのかね」

「大ありよ、それが本命なの。智司さん旅行に行かない」

「うん、行ってもいいが、乗り物がね」

「それは分かっているわ。役所の旅行では酒に酔わないで、いつもバスに酔っていたわね。あのころが懐かしい」

「いまさら恥ずかしいことを言ってくれるなよ」

「だから、電車で行くの。指定席で」

「それならよい。行こう、行こう」

「でも、今度のツアーは条件があるの。男と女が一組でなければ、参加できないの」

「それでは駄目だ。僕は相手がないから」

「それが、お婆さんと男の子の孫でもいいの」

「僕には女の子の孫はいないから困ったな」

「私ではどう」

「えっ、願ってもないことだが、君と僕とでは」

「私と智司さん、兄妹とすればよいのよ」

「でも同じ部屋で一夜を過ごすんだろう。できるかなあ、そんなこと」

「なに言ってるの、年を考えなさいよ、いやらしい。それなら誘うのやめるわ」

「おい待ってくれ、そんなに急でなくてもよいだろう」

「急ぐの今日中に返事が欲しいわ。無理に割り込んで頼んだのだから。どうするやめるの」

「行くよ、行くよ。それでいつなんだ行く日は」

「三月二十日よ。あと十日なの、体調を整えておいてね。その日になって行かないなんて言わないでね。難しく考えることはないのよ。私と智司さんのことだから兄妹と同じでしょう」

「それはそうだけど、なんとなく迷うんだ松子の手前」

「その点は心配ないの、兄妹なのだから。よかった、これで智司さんと夢のようなお芝居ができるなんて。ではお願いね」

プツンと、電話が切れた。さてどうしよう。智司は、浮いた気持ちと不安が交差してなんと表現したらよいか分からない気分であった。松子になんと話したらよいだろう。とにかく大人の常識では考えられないことであった。日は近づいてくる。こんなことで苦しまなくてもよいのに、智司は悶々とした日を過ごしていた。あと三日だ。武田信玄ではないが、言うべきか言わざるべきか、夜も寝られない事態となってきた。

「やめよう」

「なにをやめるの」

隣で寝ていた、松子が声を出した。

「いや、なんでもないよ」

「なんでもないなんて、そんな言葉が出るわけないでしょう」

「うん、でもなんでもないんだ」

「勝浦のことでしょう」

「えっ、どうして知っているんだ」

「佐智子さんに、聞いたわよ。ご主人貸してくれないかって」

「そうだったのか。なぜそれを早く言わないのだ。俺はそのことで悩んでいたんだ」

「あなたこそなによ、自分から言えないなんて」

「考えてもみろよ。そんなこと言えるわけないだろう、人間として」

「それで、あなたどうする気だったの」

「それで困って、悩んでいたんだ。それで思わず、やめるなんて言ってしまったんだ。最後は嘘を言っても行くだろうか。自分でも分からない今の心境なんだ」

「あなたらしいわね。行ってらっしゃいよ。私のこと心配しないで」

松子はどうして、こんな言葉が出たのか自分でも分からなかった。

「そんな、お前」

智司としては、鎖を放された動物のようにすぐ受け入れる気にはなれなかった。

「大丈夫よ、私二人を信じているわ」

「よし、男の勝負だ。信じてくれ。松子行ってくるよ」

芝居か小説ならではの場面となった。

いよいよその日が来た。松子はいくぶん暗い顔をしていた。

「杉山駅まで送りましょう」

「うん頼むよ」

ボロの軽トラックで今日は松子の運転であった。

「気を付けて、行ってらっしゃい」

松子は縋りつきたいような顔で見送っていた。

伊予橋駅には多くのカップルが集まっていた。老人あり、新婚らしき者あり、あるいは母子と多様であった。その中には智司ら二人同様、どうしても分からないカップルもいた。

「さあお芝居の始まりよ。今から私たち兄妹よ」

「うんそうだね。うまく芝居ができるかな」

「お二人はご夫婦ですの」

眼鏡をかけた中年の女が話しかけてきた。

「いいえ、私たち兄妹なんです。私早く主人を亡くしまして、その思い出の地が勝浦なんですの。ここは亡くなった主人と新婚旅行に参りました思い出の地なんですのよ」

「お子様はおられなかったのですか」

「ええ、一人でも男の子がいましたら、主人の分身として二人で参りましたのに、いないものですから兄に来てもらいましたの。変に見えます、私たち」

「少し年が異なるようですが、変ではありません。そうなんですか」

と、少し疑いの目で見ているような気もした。やぼなことを聞くものだ。しかし、佐智子の芝居の見事さには驚いた。彼女に合わせていけるだろうか、ちょっと心配になってきた。智司は眼鏡の女の主人らしい男に、

「ご主人ですか」

「ふふ」

主人らしい中年男は苦笑していた。おっと、やぼなことを聞いたものだ。これも真面目な性格が出たのだろうか。遊びを知らない智司の一面が表れたのだろう。

やっと、こだま号の指定席に乗り込んだ。進行方向に向かい右側で三人掛けの通路側が佐智子、その後ろが智司であった。これでは話もできない。だが、それでよかったのかもしれない。兄妹で智司さん、君なんて呼んでいたら、なんと思われるかしれない。名古屋

を過ぎるまではそのままでいた。隣の若い夫婦の楽しそうな会話の姿を見て、なにか物足りなさを感じた。佐智子の肩をちょっとつつき、後部の車輌に移ってみた。

「なんだ自由席はだいぶ空席があるではないか」

「指定席なんて、不便なものね。早く代わればよかったわね」

やっと二人で並んで座れた。さあ、これから楽しい旅を始めよう。そこへちょうど車内販売のワゴン車が来た。

「お弁当にビール、おつまみはいかがですか」

「ビールとおつまみをください」

「何本ですか」

「智司さん何本」

「一本でいいよ」

「では二本ちょうだい。おつまみは、お煎餅とするめ、ほかになにか頼みますか」

「君に任せるよ。いいのだろうかな、こんなに楽しんで松子に悪いような気がする」

「そんなこと心配しないで。奥さんにはちゃんと話してあるわ」

販売員の娘は、ありがとうございましたと言い、再び、

「お弁当、ビールのおつまみいかがですか」

と、去っていった。販売員は足が速く、あっという間に次の車輌に消えていった。

「やっと二人になれたわね」

「うん、なんだか心がうずうずしてきたよ」

「奥さん、なんとか言ってた」

「ああ、君が話したんだってね。ぎりぎりの三日前に松子が言い出したので、ビックリしたよ。僕からは言い出せなくて、困っていたんだ。僕は嘘は言えない性分なんだから」

「なによ男のくせに、そんなことも言えないの。それで最後はどうする気だったの」

「仕方ないから、嘘を言って出ようと思っていたが、うまい嘘が思い付かなくて」

「結局、やめるしかなかったのね」

「うん、やめただろうな。それで寝ていてやめる、なんて自然に声が出てしまったんだ」

「智司さんらしいわね。だから私、奥さんに話しておいたのよ」

「そうとは知らないものだから…」

いつの間にか缶ビールが空になっていた。

「三本頼めばよかったね」

「販売員のあの足の速さなら、すぐまた来ますよ。それまで私と仲間で飲みましょ」

佐智子は、せめて自分の飲んだ切り口から飲んでもらいたかった。

「さあどうぞ」

「うん、もうすぐ来るだろうが一口もらおうか」

と受け取り、グイと一口飲んで返した。あれこれ話しているうちに、こだまは早くも京都に着いた。乗り換えだ。二人は慌てて指定席に戻った。添乗員は、うろたえて二人を探していた。

「済みません。ついうっかりして」

「荷物これでしょ。あなたたちの」

「はいそうです。どうも済みません。これ智司さんのでしょ」

「うん、そうだ。ありがとう」

「やはり変ね、あなたたち。お兄さんを智司さんなんて」

眼鏡の中年女性がおもしろそうに言った。

早くも勝浦に到着した。なんと楽しい時間の過ぎる早さ、二人にとっては一瞬の間であった。ホテル浦島は目の前にあった。

「皆様、よく勝浦にお越しくださいました。目の前に見えますのが、当ホテル浦島でございます。直接ホテルにお入りの方は左の船に、海上観光に行かれる方は右の船にお乗りください」

と桟橋を挟み、両側に船を繋ぎ、繰り返し案内していた。

「乗り物に自信がない。船で大丈夫だろうか」

「乗る前から酔っているのよ。勝浦に来て船に乗らないなんて、なにをしに来たのか分からないわよ。さあ、乗りましょう」

佐智子に勧められて仕方なく乗り込んだ。定員六十名で、船名は大和丸であった。エンジンの音も軽やかに船は岸を離れた。上下にかなり揺れた。だが船酔いは感じなかった。噂より素晴らしい眺めだ。こんな絶景があったのかと驚いた。

「左に見えますのが、中之島ホテルでございます」

何年だか忘れたが、遭難した漁民が発見したらしい。温泉の成分も忘れた。そんなことは覚えておく必要はないからだ。

「よい眺めね」

「うん、今までの旅行で、こんな素晴らしいところ初めてだね。また来てみたいね」

「あら、あんな所に露天風呂があるようね」

「そうだね」

裸の男たちが、手を振っている。顔は分からないが男であることは間違いない。

「露天風呂は男の人だけのものね。不公平に思わない」

「うん、大いに不公平だ。あれでは男女同権とは言えんね」

「でも私、周囲を囲ってなければいやよ。入れないわ」

「女性風呂だけ囲うなんて、男女不公平ではないか。やはり同じでなければいかんと思うが」

「いやらしい。男の人ってみなそうなのね。智司さんだけは違うと思ったのに、失望したわ」

「そんな無理を言っては困るよ。君たちも男の裸を見たいだろう。それと同じだよ。ただ、男は見られても恥ずかしくないだけだ。こればかりはどうすることもできないね」

「そういえばそうね。あら、あの洞穴も露天風呂らしいわね」

「左に見えますのが、当ホテル浦島の自慢の露天風呂でございます。その昔、何年頃…（これも忘れた）、誰が…（これも忘れた。そんなことどうでもいいんだ）。この温泉を発見し湯につかり、その素晴らしさと景色に見とれて、家に帰るのを忘れてしまいました。その名を取り忘帰洞と名が付いたのでございます」とすり切れて、聞きとりにくいテープの声が流れていた。約四十分の観光を終え、ホテル浦島に着いた。

「いらっしゃいませ」

なんと多数の従業員だろう。二人は思わず玄関で足がすくんでしまった。分厚い赤の絨毯を踏んでいった。部屋は三階の三一二号であった。扉は開いていた。六畳ほどの畳の香りのする、こじんまりとした部屋であった。あとから入った佐智子が、カチッと扉の鍵をかけた。

「なぜ鍵をかけるんだ」

「夫婦の部屋ですもの、みだりに開けられては困るわ。さあ、第二幕の始まりよ。あなたが亭主、私が女房。これからはあなたと呼んでいいでしょ。あなたは私を君なんて呼ばないでね」

「それでは、なんと呼ぼうかな」

「台本のないお芝居よ。あなた考えて」

佐智子は手際よくお茶を入れた。

「あなた。どうぞ」

「ありがとう。僕、今度の旅は疲れなかったよ。不思議だね」

「僕なんて駄目よ。妻にたいして」

「そうだった。でも私では照れるなあ。俺でも駄目だし」

「俺でもいいのよ。男らしくて」

「美味しいね。このお茶、お前が入れるのが上手なのかな」

そのとき、コツ、コツとノックの音がした。

「あら、誰かしら」

佐智子が立って鍵を外した。部屋の係りの女中が入ってきた。

「いらっしゃいませ。今日は当ホテル浦島をご利用くださいまして、ありがとうございます。海上観光はいかがでしたか」

「本当に素晴らしい景色ですね。噂には聞いていましたが噂以上ですね。今までこんなところを知らなかったなんて迂闊だったわ。ねえ、あなた」

「うん、そうだね」

智司は咄嗟の台詞が出てこない。それにくらべ佐智子は次々と出てくる。女優の素質があるのかな。

「奥様たち、どちらからお見えになりましたの」

「伊予橋ですの」

「あそこは、伊良湖岬が有名ですね。どうですか、勝浦と比べて」

「どちらも良くて、返事に困ります」

「そうでしょう。お互いに地元よりほかのところを好むものです。私たちもよく伊良湖に行きますのよ。それで勝浦には幾日ご滞在なさいますの」

「二日です。明日は中の島ホテルに泊まります」

「そうですか、そうしたお客様が多いです。同じところより代えたほうが気分一新するでしょうから」

「女性の露天風呂はありますの」

「あります。周囲は囲ってありますから安心してお入りください。でも星空は見えますから立派な露天風呂です。それから食事は二階の楓の間です。時間は六時からです。それまでは、ごゆっくりと館内をお巡りください。いろいろの名産品もございます。お土産にどうぞお買い上げくださいませ。では、ごゆっくりと」

と、言って出ていった。佐智子は再びドアに鍵をかけた。

「あなた、お召し替えなさいます」

「うん、替えようかな」

「では、お風呂で汗を流してからにしましょう」

佐智子は部屋付きの湯殿に入っていった。しばらくして湯の音がザーザーと聞こえてきた。手を拭きながら、

「少し待ってね、すぐ入るから」

と、言って座り、

「あなたのお荷物見せて」

とカバンの口を開けた。汚れたハンカチ、靴下等が入っていないから、まだよい。見られたら男でも恥ずかしい。だが佐智子は、いっこうに構わず下着類を取り出し、

「お風呂出たら替えるのよ」

と、浴衣とともに差し出した。どうやら湯も溜まったようだ。では、と智司は立ち上がった。

「あら、上着だけは脱いで」

と、後ろにまわり受け取り、ハンガーに掛けた。

「お前も一緒に入ろうか」

「えっ、でも」

佐智子の目がこころもち輝いたように見えた。では、と智司は入っていった。さすが、湯どころの宿だ。湯は溢れんばかりに入っていた。

「どうせ何度か入るんだ、サッと汗を流そう」、独り言を言いながら、湯に浸っていた。

果たして佐智子は入ってくるだろうか。期待と不安が入りまじっていた。そのとき、脱衣場の戸が開く音がした。来たか、と思わず体が堅くなってきた。聞き耳をたてていたが、またガラガラと戸が閉まったようだ。それから三分くらい待ったが、佐智子は姿を見せなかった。やれやれ第一関門通過だ。智司は湯から上がった。だが一抹の不安感もあった。

「ああいい風呂だった。さすが、勝浦だ。湯を流し放しでも、惜しいとも思えないほどの大名気分を味わったよ。お前も一風呂浴びておいで」

佐智子の胸は脈打っているのだろう、無言で笑顔を見せた。そして、

「では私も」

と、入っていった。見れば智司の衣服、荷物は綺麗に整理されていた。さきほどはこれ

を取りに来たのかとやっと納得ができた。女性の風呂は長い。かれこれ十分くらい入っているのだろうか。智司は座敷より一段低いところに置かれた、ソファーに深々と腰を掛けて海を眺めていた。沖合いには五、六艘の漁船が操業している。ここは絶好の漁場なのだろう。なにがとれるのだろう。魚釣りの好きな智司はそんなことを考えていた。

「本当にいいお風呂だったこと」

いつもは色白で透き通っているような顔をしている佐智子が、赤みがかった、ほてり気味の顔で出てきた。男物の浴衣を器用に着こなし細目の赤色の帯をキリリと締めていた。濡れたタオルを二本さげて、一段低い所にあるタオル掛けにかけた。歩く佐智子の浴衣の裾から、女性のたしなみかチラリと赤い布が見えた。

「さあ、これからどうしましょう。食事までには一時間もあるわ、ちょっと館内を歩いてみましょうか」

「いや、二人でいよう。話していればすぐに時間は過ぎるよ」

そのとおりであった。

「伊予橋の二人の会の皆様にお知らせいたします。お食事の用意ができました。二階の楓の間にお出かけください」

と、館内放送が流れた。

「二人でいれば時間のたつのは早いのね」

「うん。二日間だけだから、なるべく一緒にいよう、せっかくの機会だから」

楓の間にはだいたいの人はもう座っていた。集まらないのはあと四、五名のようであった。智司らが座った途端に残りの二名も入ってきた。眼鏡の夫婦であった。添乗員の挨拶が終わり、宴会に入った。みな生き生きとした顔で楽しんでいる。だいぶ酒も入り、そろそろカラオケが始まった。皆二人でデュエットである。困ったなあ。佐智子は歌わないし、智司は一人で思案していた。

「二人で歌いましょう。『巡り会い忍び会い』あなた歌えるでしょう」

「よし、やろう。君歌えるんだね」

「ええ、今日は私たちの記念すべき日よ。私の歌、今日が最後の歌い納めにするわ」

歌いなれた智司は、佐智子の言葉に驚きも緊張もなかった。うれしいだけであった。

あなたは波に乗っていた
お前は小道を歩いてた
巡り会うのはそれぞれで

忍び会うのは同じ宿

佐智子の歌は素晴らしかった。智司は歌に引かれて、夢心地のうちに終わった。

約一時間で宴会は終わった。さて、これからどうしよう、と思った。

「ちょっと温泉めぐりをして行こうか。七通りの温泉があるそうだよ」

「いいわね。湯に入るのではなくて回るだけなの」

「うんそうだよ。一ヶ所ごとに判を押して回った証明をしてくれるらしいんだ。話の種に回るのもいいだろう」

話しながら一番目の家族風呂についた。

「これが家族風呂か、何ヶ所もあるんだね」

「そうね、あら使用中の札がかかっているわ」

「そうだろうなあ。幾組かの家族が同じ風呂というわけにはいかんだろう。男女混浴になってしまうからね」

「あなたはすぐそこに話がゆくのね」

「でも本当だろう。お前もほかの家族と一緒ではいやだろう」

佐智子は、お芝居でも一度入ってみたい気持ちがむらむらと湧いてきた。でも駄目、智司さんに悪いからと自らを納得させて、次に回っていった。部屋に帰ったときは九時三十分であった。これから二人の短い夜が始まることになる。

だが、二人の心は真実の兄妹であった。部屋には二組の布団が敷かれてあった。

「もうこれで、お芝居は終わりにしましょう。佐智子と智司に戻りましょう」

「うんそうしよう。どうだった僕の兄の役は」

「素晴らしかったわ。私もつい、つり込まれてしまいそうだったわ」

「君の妹役もよかったね。僕だけでなく他人も本当の兄妹と思っただろうね。それに二人だけの夫婦ごっこも楽しかったね」

「私もこれで満足よ。本当に楽しかったわ」

「そうだね。芝居も楽しいものだね」

「もう寝ましょう。明日は早いから」

佐智子は鏡の前で顔にクリームをすりこみ布団の上に座った。そしてカバンの中から小さなウイスキー瓶を取り出した。

「私旅先では、いつもこれを飲んで寝るの。とても寝つきがいいの」

「そう、僕にもくれないか」

「ええ、待って。私が先に毒見するわ」

佐智子は小さなグラス様の盃に入れてグイと飲み干した。

「さあ、あなたもどうぞ」

智司は受け取り、佐智子が飲んだ唇のついたあたりでグイと飲み干した。

「飲みよい酒だね」

佐智子は受け取り、バッグに入れた。

「お休みなさい」

「お休み」

枕元の灯を消した。途端に智司は、佐智子の声が遠くで聞こえたように思えたが、それからはなにも知らなかった。そして深い眠りに入っていった。

「ちょっと、あなた」

と松子の声が聞こえたように感じた。目を開けたら白じろと夜は明けていた。佐智子はソファーで海を眺めていた。

「あっ、お目覚めね。私も今起きたところよ。智司さん、よく眠っていたわ。だから起こすのかわいそうに思えて起きるのを待っていたの」

「なにも知らずに目を開けたら朝なんだ。家ではこんなに眠れないんだが、あの酒よくきくんだね」

「眠れなかったら、智司さんと私、なにが起きたか分からなかったでしょうね」

「そうだ、こんなこと普通ではないからね」

「智司さんだからこそ、一夜を無事に過ごせたのよ。だから私誘ったの。思ったとおりの智司さんだったわ」

　智司も自分に勝ったんだ、という思いが浮かんできた。

「朝風呂に行こうか」

「そうね、お風呂は部屋に入ったとき一度入っただけだったわね」

「うん、話に夢中で忘れていたね。それほど楽しかったんだ、来てよかったね」

「行きましょう」

　と、二人で部屋を出た。昨夜回った家族風呂の前に来た。どれもこれも使用中であった。

だが一部屋だけ空きがあった。

「あら、空いてるわ」

「そうだね、入ろうか」

と、喉まで出たが押し止めた。ちょっと立ち止まったが、自分の意思とは反対に足が動き出した。佐智子も続いて歩き出した。大浴場の前で立ち止まり、

「先に出たら、朝のコーヒーに行こう。通路沿いにあった『朝』という店で待ち合わせしよう」

「ええ、そうしましょう。きっと智司さんのほうが早いでしょう、待っててね」

二人は別れて脱衣場に入っていった。どうしよう。昨夜は無事に過ごせたが、今日は自信がない。恐らく佐智子もそうだろう。もうこれで帰ろう。でも佐智子はなんと思うだろう、とまた悩み出した。こんなことで悩まなくてよいのに、決断のつかないまま湯から上がった。佐智子はもう『朝』で待っていた。

「遅かったわね。私もう五分も待っていたの」

「ごめん。考えごとをしていて、つい長湯になってしまって」

「私急用ができてしまって、和歌山へ行かなければならなくなったの、ごめんね」

「えっ、急用って」

「なんだか、うれしそうな顔ね」

「せっかく二日間一緒にいられると思ったのに残念だね」

智司は心にもないことが口に出た。

「今度の旅行楽しかった。本当に一生の思い出になるわ。もし智司さん我慢できなかったら、私あげるつもりだったの。智司さんは私の思った通りの人だった。でも、今夜は分からないの。私が我慢できなくなるかもしれないの。だから昨夜で終わりにしましょうね」

「僕も今夜は君を抱き締めるだろう。だから君の急用で安心したんだ」

「それで、うれしそうな顔をしたのね」

「うれしそうな顔だったかね。僕は正直なんだなあ。それですぐ顔に出るのだろう」

「昨夜私たち、心の結婚式をあげたのね。あなたの思い出は、私生きている間この胸にしまっておくわ。だからもう会うのはやめにしましょう。会えば心の結婚ではなくなるから」

「そうだ今度会えば、お互いにこのままでは終わらないだろうからね。お互いに清い心で別れよう」

再び部屋に戻りツアーの一行に別れを告げ、勝浦のホームに立った。

「あら思い出した、あなたの下着私が持っていたわ。今出すから待って」

と、荷物の口をあけた。

「そんなもの、いらないよ。捨ててくれ」

「でも」

「もういいってば、捨ててくれ」

「悪いわね、私の不手際で」

佐智子は智司の分身として、大切にしようと心に誓った。和歌山行きの電車が入ってきた。佐智子が乗り込んだ。その顔は晴れ晴れとしていた。

「さよなら」

手を振る佐智子を乗せて、電車は走り去った。智司はいつまでも見送っていた。そこに二本のレールが光っていた。どこまで行っても、交わることのない二本のレールが……。

智司はそれから五分後、京都行きに乗った。早く帰らなければ、家には愛する松子が待っている。一刻も早く顔を見せてやりたい。そして礼を言ってやりたい。往路と異なりなんと帰路の電車の遅いこと、イライラして乗っていた。そうだ、京都に行かず、亀山から名古屋に出よう。名古屋から新幹線に乗れば十二時には家に着くだろう。とにかく早く帰ることばかり考えていた。伊予橋に到着し、さっそく電話ボックスに入りダイヤルを回した。五回のコールで松子が出た。

「もしもし、俺だよ」

「あらあなたどうしたの。今どこにいるの」

「伊予橋だよ」

「まあ、喧嘩でもしたの」

「帰ったら話すよ。十二時八分に乗るから頼むよ」

「はい分かりました、十二時八分ね。気を付けてお帰りなさいよ」

「うん」

と、電話を切った。杉山駅にはボロの軽トラックが待っていた。

「お帰りなさい。どうだった勝浦は」

「凄く景色がいい所だったよ」

やれやれと家に入り、旅装を解いた。

「ねえ、どうして一日で終わったの」

「うん、俺にも分からないんだ。なぜ行ったのかも。つまり夢だったんだな、爽やかな」

「それ、どういうことなの」

「つまり二夜は過ごせなかった、ということなんだ」

「あなたは優しい人なのね。私の思ったとおりの人だったのね」

松子は目がうるんできた。我慢ができなくなり、智司の胸に顔をふせた。頬にはとめどなく涙がつたわっていた。

秘密

誰でも人には知られたくない秘密のようなものがある。それが一生の幸せ不幸せに関係する部類から、ちょっと人に知られたら恥ずかしい程度の秘め事までいろいろである。三年ほど前にあった、太田市の西駅出口の地下道で発生した中年男性の死亡事件もその一つである。事件は寒い冬がやっと過ぎ、間もなく桜の蕾が開こうとしているころに起きたのである。現場には表駅から西駅に通じる地下道の西駅出口の階段で、年齢は五十歳ぐらいの男が三段目の階段に足を乗せ、頭は右側のコンクリートにぶつけたらしく、右側頭部に打撲の傷を残し、倒れていた。血は少し滲む程度で傷口は固まっていた。

死亡推定時刻は午後八時から十一時までの間と推定された。発見されたのは翌朝の五時で、発見者は表駅の前にある従業員宿舎から西駅側にある鉄道関係の弁当製造の工場に通う三十歳の男性であった。事件はまず第一発見者の尋問から始まった。形どおりの質問でなんら疑わしい点はなく、ただちに署員を動員して聞き込み捜査が始まった。そして、その夜の十時ごろその付近で二、三人の男が大声で争っていたとの証言を得た。色めき立った捜査本部はその二、三人の行方を懸命に追ったが、杳としてその足取りは掴めなかった。山に突き当たったのか、いつしか市民の関心も薄れ、それから三年過ぎた。

公務員である、前田吉成、白木一二、鈴川光男、の三人は気の合った飲み仲間であった。実はその事件当夜現場を通りかかり、五十歳くらいの男に因縁をつけられ争った覚えがあったのである。白木はかなり酒に酔っていた。その時刻となると人通りも少なく、いくら治安が良いとはいえ、男でも一人では敬遠するほどの寂しい人通りであった。

「白木はこれだから困るんだ。これからは連れてくるのはよそう。人通りが少ないからよいが、こんなに酔っていては通行の女たちは怖いだろうに」

と、鈴川が言った。

「これがなければいい奴なんだがなあ。おい、人の迷惑になるようなことをするな。今は人通りが少ないからいいが、悪い相手に会うととんだことになるぞ。少し静かに歩け」

「なにをぬかす。誰にも迷惑なんかかけてはいないではないか」

と、前田が声をあらげて言った。

「人通りが少ないとはいえ、冗談もいい加減にしろ。もうこれからお前は連れてこんぞ」

鈴川も、

「そうだこんな奴はもう知らん、行こう。捨てておけば一人で帰るだろう」

「うんそうしよう。やい俺たちは先に帰るからな」と白木をおいて先に歩き出した。

「おい、待ってくれ、冗談だ冗談だ。静かにするよ」

と一瞬静かになり歩き出した。十メートルぐらい歩いたと思ったら、馬鹿の一つ覚えの赤城の子守唄を大声で歌い出した。

「もうこんな奴は西口に出てタクシーに乗せて一人で帰そう。自分の家ぐらい分かるだろう」

と、前田は匙を投げた。そして出口に差しかかった。そこに五十男が待っていた。

一瞬白木も静かになった。彼でも人がいれば多少気になるのかと思った瞬間、とんでもないことを言ってしまった。

「よー、ご同輩、ご苦労さん」

と、軽口で話しかけた。酒に酔って相手の人相など分からないのだろう。前田が見て相手は暴力団らしい男に見えた。

「なんだこの野郎、気安くものを言うな」

と、睨みかえしてきた。慌てた二人は、

「どう済みません。こいつ酒癖が悪いものですから、いつもこのとおりなのです」

と、こんな相手には逃げるが一番と白木を庇い、立ち去ろうとした。

「待て」

と、白木の腕を取り五十男が引き止めた。前田が中に割って入り、五十男の腕を振り放した。その瞬間、ちょっと石段を踏み外した男はフラフラとしてその場に尻餅をついた。

前田は駆け寄ろうとしたが、男は立ち上がった。

「行こう」

と、逃げるようにその場を立ち去った。男は追ってこなかった。以上がその夜のあらましである。翌日の夕刊は大きく五十男の殺人事件を報じていた。その中に二、三人の男が大声で争っていたと大見出しで載っていた。それぞれの家庭で記事を見た三人は、驚きと恐怖で顔色はなかった。鈴川は一番気の小さい男で、いわゆる善人といわれる男であった。

さっそくダイヤルを回し前田を呼び出した。

「もしもし前田さんですか。鈴川です。いつもお世話になります。ご主人おみえになりますでしょうか」

と、震える声が伝わってきた。前田は今記事を見たところで、これはと直感した。

「あなた、鈴川さんです。なにか震えた声なのよ、どうしたのでしょう」

前田は朝子の声はうつろに聞こえた。

「もしもし、俺だ。分かっている、話は明日でよいだろう」

「なんだか、えらいことにならなければよいがなあ」

「心配するな。俺がはっきりと見ている。相手は立ち上がったんだ、俺たちには関係ないよ」

「そうだろうか。でも、三人のことが載っていたからなあ」

「そのときがくればはっきりと証言してやるよ。それまでは、なるべく黙っていよう。詳しいことは明日話し合おう」

「そうしよう。心配しても仕方がないからな」と、電話が切れた。

そうは言ってはみても、疑いはかかっている。前田は立っているのがやっとであった。

頭の血がスーッと消えてゆくのがはっきりと分かった。

「なんなの。難しそうね」

と、妻の朝子が聞いた。

「なんでもないよ。心配するな」

とは言ったものの、心はうつろであった。テレビでドラマを映していたが、俳優がなにを話しているのかも分からなかった。

「あなた、なにかあったの。話して」

と、朝子が言った。なにか探ろうとする妻の心が痛いほど分かった。胸の動悸が聞こえるようであった。

「心配はいらんよ」

いつもは十一時ごろまで茶の間で過ごし、朝子に追い立てられるように、寝室に入るのが習わしなのに、そうそうと寝室に入った。朝子は不安に駆られながら夕刊を手にした。死亡事件が大きく載っていた。まさか吉成さんに限ってこんなことに関係するなんて…。でも三人組のこととは関係がないともいえない。こんなことを考えていたら背筋がスーッと寒気がしてきた。

前田には小学校六年と四年の女の子がいた。妻と四人暮らしで平凡のうちにも満ち足りた生活を送っていた。寝室に入っても悶々として寝つかれなかった。朝子も同様であった。しかし、容易ならざる事態の真相を知るのが怖いのか、それからは一言も聞かなかった。

二人はまんじりともせぬまま夜が明けた。夫婦互いに相感じるものがあるのか、無言のうちに砂を噛むような食事を終えた。子供二人もなにか異様な雰囲気を感じ取ったように黙々と食事を終えた。いつも食事後にはテレビニュースは欠かさず見るのに、今朝は茶の間のテレビも黙していた。部屋の片隅に飾られた花も心なしか生気がなかった。

「行ってくるよ」

いつもは笑顔で明るく、

「行ってらっしゃい。気を付けてね」

と送り出すのに、今日は姿が見えない。奥から力のない声で、

「気を付けてね」

と、言うのが精一杯の声であった。役所に到着した。いつもは陽気な鈴川が、青い顔をしているのがはっきりと分かった。どうしよう。いきなり話を出すのは怖かった。

「よう、お笑い三人組、昨夜はどうだった。お前たちだろう西口地下の殺人犯は」

と陽気に話しかけたのは、上司の川口係長であった。川口係長はときどき三人と付き合う飲み仲間でもあった。昨夜の出来事を三人組と当てはめる冗談を言っても不思議とも思われない自然さがあった。鈴川は、

「今、言われたところなんだ。そして実は大きな声では言えないが、俺たちだったと白状したところなんだ」

と、見る人が見れば分かるように、顔を引きつらせて精一杯の冗談を言った。女事務員の洲淵が、

「お決まりのコース一回りしたの。だいたいあなたたちの行き先は分かるわよ。急用のときには電話すればすぐ掴まえることができるわ。でも可愛い子ちゃんには縁のない人たちばかりなのね。そんな所は一ヶ所もないわね」

「そうだろうなあ、この顔ぶれでは。せめて俺が一枚加わればなあ」

と、三浦友和に似た山本が言った。いつもならここでドッと笑いの声の溢れる応酬ができる三人は、黙って笑顔を見せるのみであった。

その日はお互いに決定的な真相を知るのが怖くて、事件のことは口には出さなかった。しかし内心はもうこれで終わりだという気がして、昼食も喉に通らなかった。役所に出入りする背広姿の人を見ると、来たかと心が凍る思いであった。だが、いつも真面目な彼らに対して昨夜の事件に関係していようとは、誰も想像できないことであった。そして、一ヶ月過ぎた。やっと事件の報道も途絶え、心も少し落ち着きを取り戻してきた。捜査はど

うなっているのだろうか。どうして転んだのだろう。事件を目撃したのはいつも西駅前を左折した、小路で屋台のラーメン屋を営業している、三十歳の男であった。刑事の質問に、「はい、たしか十時二十分ごろだったと思います。西駅出口付近の地下道で二、三人の男が争っていました。なにを話しているか分かりませんでしたが、争いが収まったと思ったら二、三人で急ぎ足で立ち去って行く後ろ姿を見ました」

「人数は、はっきりと分からなかったですか」

「いつものことですので、チラリと見た程度で分かりませんでした。男であることは間違いありません」

この程度のことで、八方手を尽くしての捜査を行なったが、杳として手がかりは掴めなかった。駅前の喫茶店などに立ち寄る常連の客もことごとく当たってみたが、なんら手がかりはなかった。さらに月日は一年を過ぎ、事件はいつか忘れられ、また元の平和な夜の繰り返しに戻った。前田ら三人も互いに思ってはいても、事件について話し合うことは、犯罪者に近づくような気がして自然に禁句となっていた。

だが、これがいつまで続くという保証もなく、またいつ当局の狭められた網の中で浮かび上がるとも分からなかった。ある日前田が、

「おい、あの事件はどう思う。絶対俺たちではないと確信はあるのだが、いまだに解決していないのはなぜだろう」

と、白木と鈴川に話しかけた。白木は自分が関係した事件なのだから、

「そう思いたいのだが、なにしろあの時間争ったのは俺たちだけなのだから、心を痛めているんだ。本当に相手は尻餅をついて起きたんだろうな」

と、前田に念を押すように聞いた。

「そうだ。フラフラとして尻餅をついたのは見た。そして起き上がったんだ。頭など打つのは見なかったよ。しかし俺しか証人はいないからな。それで困るんだ。誰かほかにいればなにも心配はないのだがなあ。あの場合いやな相手なのでそうそうと逃げることしか頭になかったから、最後までは見届けなかったんだ」

鈴川は直接関係のない唯一の人物である。

「それなら一度当局に申し出ようではないか。このままでは気の安まるときはないよ。本当のことを話して身の潔白を証明したほうが気が楽になるよ」

直接相手をふらつかせた、前田は、

「でもなるべく関係しないほうがいいと思うよ。法律でも自分に不利益になることは黙秘

できるんだから、当局が我々の存在を知った時点でいいと思うよ」

白木も、

「そうしよう。なにもすすんで捜査に協力することもないだろう。警察はそれが仕事なのだから任せておこうではないか」

と、なるべく事件に触れないようにと話を決めた。それから二年過ぎて前田の家庭も以前のように落ち着きを取り戻し、平和な日々が訪れた。

「お父さん。大学の入試もうすぐだけど、自動車を買ってくれる約束大丈夫でしょうね」

「うん忘れないよ。でも国立四年制でなければ駄目だぞ。それに合格したら外車でもなんでも買ってやるよ」

「お父さん大丈夫、そんなことを約束して。私知らないわよ」

と、朝子は本気にして、心配している。二女の孝江が有名高校に入学したときも約束通りのステレオを買い与えた前田である。その子煩悩ぶりは近所でも珍しく、こんな善人が殺人の重要参考人であるはずもなかった。でも現実は、どう判断しても黒と見られるより仕方ない。こうした家庭での幸せがいつガラガラと崩れるか気の休まるときはなかった。

前田は不意に深刻に思い込むことが多くなってきた。

鈴川は酒を飲むと大きなことを言う割には気が小さく、真面目な男でわずかなことでも間違いは好まず、その点では変人と見られている男でもあった。ある日、

「おい、俺どうしても気になって夜も眠れないんだ。このままでは気が狂ってしまいそうだ。夢の中にあの五十男が出るようになってなあ」

と、青白い顔でかなり落ち込んだ様子で語った。そういえば最近三人で飲む付き合いも遠のいている。この話は禁句で、今までなるべく話さなかったが、鈴川の様子ではいくら止めても無駄かもしれない。彼が一人で警察に出頭するというなら仕方あるまい。でも、どうしようと相談されたら止めるしかない。前田は白木に、

「困ったことになってきたなあ。どうする」

「どうするも、こうするもないだろう。成り行きに任すより仕方ないではないか」

と、白木も匙を投げた格好となってきた。前田は白木と別れ帰路についた。道すがら鈴川が死ねば安心できるだろう、こうしたことで第二、第三の殺人事件が起きる、小説の筋書きが想定されるのだなあ、俺もその想定の中にある殺人犯になるかもしれない。そのようなことは、平和な家庭を守る者としてあってはならないことなのに、ふとそんな思いが浮かんだ自分の恐ろしい心の影を知り、愕然となった。こころもち打ち沈んだ顔で家に帰

った。

「お帰りなさい」

もう六年も経ち、あの事件は完全に忘れた朝子が明るく出迎えた。

「お風呂になさいます、それともお酒が先ですか。真理子は入試に自信たっぷりなのよ、車を買わなければならなくなりそうよ」

この幸せな家族に、打ち沈む姿を見せたくない。

「うん、先に風呂に入ろう」

と、湯殿に向かった。風呂につかり考え込んだ。俺としては最善の方法を選んだのだ、妻よ娘よ、信じてくれ、思わず涙が溢れてきた。突然、足音荒く誰かがバタバタと駆け付けてきた。

「お父さん大変よ、鈴川さんが交通事故に遭ったそうよ。詳しいことは分からないが至急、伊東病院に来てくださいとの電話です」

「そうか。誰からなんだ」

「白木さんです」

「よしすぐ行く」

と答えたものの、驚くとともに安心感も湧いてきた。鈴川の口を封じることができるだろうか、との思いであった。病院には鈴川の妻芳江がうろたえていた。その様子は驚きで涙も出ないといった状態であった。

「突然のことで、えらい災難でしたね。私が一時間ほど前に話し合ったばかりでしたのに」

「ええ、もう帰るかと心待ちしてましたところ、突然、警察からの電話で知りましたの。なんだか最近、主人は塞ぎ込んでいるときが多いようで心配していたのですが、まさかこんなことになろうとは」

と、涙声になってきた。

「それはご心痛ですね。私たちもそのような素振りは感じていました」

「なにか心当たりがありますでしょうか」

ここで真相を語れないのが辛いことであった。でも語れない。

「そうですね。どこか体でも悪かったのではありませんか。思い当たることはありません」

と、言うより仕方がなかった。白木が聞いた。

「それで今の症状はどうなのですか」

「はい、御覧ください」

と、病室に招じ入れた。見れば近親者らしい男二人が、ベッドの両側で苦しむ鈴川の両手を押さえていた。鈴川は体を捩り両足の膝を上げたり両手を交互に持ち上げて首を振り苦しんでいた。意識はないらしい。聞けばドクターの話で、頭部を強打しており内出血の疑いが濃いとのことであった。

「相当の苦しみのようですね。これからの手当てはどうなるのですか」

と前田が聞いた。

「はい、今夜の当直医は産婦人科の医師ですので、さきほど緊急で脳外科の専門の医師に連絡したとのことですが、まだ家にお帰りになっていないとのことで連絡がつかないそうなのです。そのため、ほかの病院の脳外科の専門医に連絡して間もなく到着するとのことです。現在のところ見守っているしか仕方ありませんですの」

「そうですか、早くみえるといいですね」

としか前田からは言えなかった。素人ではどうすることもできず、ただオロオロと見守るだけであった。

「少しあちらの休憩所でお休みくださいませ。なんと申しましても、この状態ですので大勢で見守っていても仕方ありませんから」

と、芳江に再三勧められ、それではと白木と二人で休憩所に行った。休憩所といっても廊下に椅子と煙草盆があるだけの所であった。二十分くらい休んだかと思うころ、移動式の寝台に乗せられ、鼻から酸素吸入するためか、チューブを通され赤い顔をして眠っているらしい鈴川が運ばれてきた。痛み止めの注射でもされたのか、さきほどの苦しみは嘘のようであった。三十分くらい待っていたら、検査を終えた鈴川が運ばれてきた。前田と白木は複雑な気持ちで見守っていた。お互い口には出さないが同じ思いなのだろう。前田はふと我に返り、なんと恐ろしいことが自分の心の中にあるのかと心は打ち沈んでいた。芳江も付き添っていた。前田も白木もあとに続いて歩いた。そして鈴川は病室に収容された。さきほどと異なり、安らかに眠っているようである。皆、無言であった。十分ほどたったかと思われるころ、看護婦が、

「鈴川さんの身内の方いらっしゃいますか」と、入ってきた。

「はい、私ですが」

と、同時に娘も答えた。

「これから検査の結果を先生からお伝えします。どうぞ」

と事務的に言って、芳江と娘を連れて出ていった。しばらくして娘が涙を拭きながら入

ってきた。

「どうだったんだ」

と、近親者らしいのが聞いた。娘は無言で首を振り、椅子に座り両手で顔を伏せた。だいたいのことは分かるが、詳しいことは分からない。皆、無言であった。これ以上聞くのが酷と思われたからである。芳江が入ってきた。

「皆様、本当にご苦労様です」

「どんな具合なのですか。容体は」

と、前田が聞いた。

「よく分かりませんが、手術はできないとのことです。でも希望はあります、と言われました。これからは看護婦さんに話しておきますから、苦しみ出しましたら注射をしてくださるそうなのです」

と、言って顔を伏せた。これ以上は聞けなかった。白木が、

「私の知人で、それと同じことを言われても全治した人がいます。必ず治りますよ、元気を出してください」

と白木らしくもない、優しい声で慰めていた。

「ありがとうございます。ご心配をおかけしまして」

と会話を交わし、そのまま病室で見守っていた。時間もだいぶ過ぎてきた。芳江が、

「こうした容体ですので、もう私たちが見守っています。皆様、明日のお仕事もおありのことですので、どうぞお引きとりください。どうもありがとうございました」

「それでは、お言葉に甘えて帰らせていただくか」

白木は、「そうだなあ、それでは失礼するか。では力を落とさないで、頑張ってください」と、形通りのことを言って病院を出た。二人は話したいことは山ほどあっても、お互いに古傷に触れたくないのは同じである。黙々と駐車場に向かい、どちらからともなく、

「ではまた。さようなら」

と、言葉を交わして別れた。家では三人が心配顔で待っていた。

「どうだったの、事故の状況は」

と、長女の真理子が目をキラキラさせて聞いた。

「うん、水高町の信号交差点で信号待ちをしていたところに、無免許の若者が運転する車が暴走してハンドルを取られ、突っ込んできたのだそうな。運転の若者は信号機の柱に激突した弾みに車外に放り出され、歩道の境のコンクリートに頭を打ち付けて即死だそうな。

最近の太田では珍しい大事故だったらしいんだ」

「えー、怖いわね。信号待ちしている所に突っ込むなんて。お父さんも気を付けてよ、大事な人なのだから。それで、鈴川さんの容体はどうなの」

そこで病院での状態を詳しく話した。

「そうなの、奥さん大変でしょうね。一家の大黒柱を大事故に遭わせて。鈴川さんは信号待ちだから責任はないにしても、大怪我では困りますものねえ」

「そうだ。俺ならどうでもよい人間だからよいだろうがなあ」

「馬鹿なこと言わないで…。物は言い当たるとよく言うわよ。私の気にもなってよ」

「本当だ、大事な家族がいるからなあ」

それから一ヶ月たった。真理子は入学試験も終わり、のんびりと生活を楽しんでいた。

「お父さん、大丈夫でしょうね」

「なんだ、改まって」

「あらいやだ、もう忘れたの。外車を買うこと、約束したでしょう」

「まだ早いよ。合格するかどうか分からないから」

「そんな、買うと決めてなくては。私は合格間違いなしよ」

「はい、買わせていただくことができますれば、この上もない幸せに存じます」

「アハハハー」

と、一家揃って笑い声が上がった。このままで全てがいけば、ありがたいのだがと、またふと、鈴川のことが思い浮かんだ。それから十日過ぎた。役所での話である。

「鈴川君は苦しみは取れたが、意識はないそうな。目はパッチリと開けているが見えるのか、見えないのかなんの反応もないそうだよ。ああいうのを植物人間というのだろう。鼻から流動物を入れるだけらしい。それで心臓は丈夫らしいので、体はいつまでももつらしいのだ。あれでは奥さんもかわいそうだねえ」

と、川口係長が言った。前田は黙って聞いていた。係長は続けて、

「前田君らも大切な三人組のメンバーが欠けて寂しいのだろう。最近、口数が少なくなったではないか」

前田は思ってもいないことを言われ、返事に困った。思ってはならないことを心に描いていたからである。

「はい、本当に困りました。これでは次期のお笑い三人組の興行の目星が立ちません」

と、かろうじて軽口がたたけた。噂によれば鈴川の妻芳江は付き添いの必要もなくなり、

一日一回程度に病院に見舞い、寝食は家で行なっているとのことであった。ある日、役所の前田に電話があった。芳江からであった。

「もしもし前田さんですか。いつもお世話になっています。芳江です」

「いえこちらこそ。鈴川君はその後どうですか。また一度お見舞いにあがろうと思っていたところなのですが」

「ありがとうございます。相変わらずでなんの反応もありません」

「それで、ご用はなんでしょうか」

「いえ、なんでもありませんが、ちょっと主人のことについて、お聞きしたいことがありまして」

前田は、不吉な予感がした。

「で、なんのことでしょうか」

「お会いしてお話しいたします。白木さんもご一緒でお願いいたします。駅前の喫茶店サントスでお待ちしています」

「はい分かりました。六時ごろになりますがよろしいでしょうか」

「はい、お待ちしております」

と、電話が切れた。外出していた白木が帰ってきた。

「今、鈴川君の奥さんから電話があったんだ。どうも例の事件のことらしいんだ。困ったことにならなければよいが」

「仕方ないよ。こうなったら知っていることは全部話すんだなあ」

二人は開き直りの気分となり、かえって落ち着きが出てきた。サントスに芳江が待っていた。

「お急ぎのところ、お呼び出しいたしてすみません。実は……」

と、予期していたことを話し出した。前田ら二人は驚かなかった。

「そのとおりです。私たちは間違ったことはしていません。また参考人としての証言を拒否したのでもありません。すすんで証言をしないだけです。黙秘権もあることですので、事件に関係したくないため黙っていただけなのです。でも鈴川君は証言をしようと、再三にわたり言っていたことは事実です。また、その点で悩んでいたことも知っていました。でも、私たちにその勇気がありませんでした。どうしてそれをお知りになったのですか」

「はい、日記に書いてありました。偶然それを見ましたので、お二人のお話を承りたくお呼び申し上げた次第なのです」

「それで奥さんはどうなさいます」

「はい、鈴川の意思ですので、警察に申し出ようと思うのですが」

「それはいいことです。こう言ってはなんですが、鈴川君の命のあるうちに白黒をはっきりさせたほうが鈴川君も喜ぶことでしょう。こうなったら私たちも協力いたします。日記は警察に提出してください」

と、前田が言った。

「ありがとうございます。では、そうさせていただきます。私どもの我がままをお許しください」

「いやどうぞ、ご遠慮なく」

と、話が決まりサントスを出た。道すがら前田はこれでいいんだ、やましいことはしていない、堂々と証言しようと決めた。

「ただいま。帰ったよ」

「お帰りなさい。遅かったわね。いよいよ明後日、真理子の発表です。あなた大丈夫でしょうね」

「車か」

と、口数少なく居間に入った。

「本人はもう合格した、ルンルン気分なのよ。明日、車の下見に行くって、張り切っているのよ」

「そうか、それはいいね」

と、しか答えられなかった。警察の態度次第でこの幸せは一瞬のうちに崩れるかもしれない。自分は間違ったことはしていなくても、疑われるには充分な状況なのである。一言話しておくべきかとの思いが駆け巡ったが、言い出せなかった。とにかく一時の間でも家族に心配はかけたくなかった。そのときになれば分かる。せめてそのときまで、家族の幸せな思いは壊したくない、と寝室に入った。

「あら、ご気分でも悪いの、お風呂もお酒もやらなくて。車のことなら心配はないのよ、私が用意してありますから」

と、枕元に座りこんだ。

「いや、そんなことではないよ」

と、答えて頭から布団をかぶった。涙がじわりと滲んできた。仕方ないんだ、必ず疑いは晴れるだろう、と懸命に眠る努力をした。朝子が寝室に入ってきて、側の布団に横になった。しばらく無言でいた。前田も眠りに入れず、寝返りをうった。

「あなたなにかあったのね、話して。私驚かないわ。あなたになにが起こるの、信じているわ。だから全部話して二人で苦しみましょうよ。あなたの苦しむ姿は見ていられないわ」

朝子の優しい心遣いに胸をうたれた。こんなよい家族を明日になれば、泣かせることになるかもしれない。それは事件に関することについては絶対の自信がある。だが、警察がこの証言を信じてくれるかどうかにかかっている。その場ですぐ信じてもらうことはまず不可能なことだろう。そうすれば一時的にせよ、容疑者として留置されるのを免れることはできない。その場合、家族はどんなに嘆くことだろう。それに加え、朝子の優しい心に対して胸がつかえて返事の言葉が出なかった。しばらく無言でいたが、

「ねえ、なにがあったのか知りませんが、すでに終わったことなのでしょう。それに明日になれば分かることなのでしょう。真理子と孝江にはそのときまで知らせませんから、私にだけ話して」

と、涙を浮かべて訴えた。

「心配かけるなあ。明日になれば分かるんだ。お前にもそのときまで心配をかけないようにと思ったが、もう黙ってはいられない。話そう」

と、今までの経緯を全部話した。もう仕方ない、容疑は必ず晴れる。そのときまで待つしかなかった。

「そういうことだったのですか。そんなことならなおさら証言しなくては。必ずあなたの疑いは晴れますよ。たとえそれが原因としても過失なのですから、話せば分かることなのですよ」

と、朝子は励ましの言葉をかけた。この場合、それしか言いようのない言葉であった。

「心配かけるなあ。こんなことは言いたくないが、あとのことは頼むよ」

「いやよ、そんな情けないことを言っては」

と、言って言葉を詰まらせた。前田は朝子の側に、にじり寄り互いにヒシと抱き合い、涙に咽んだ。

翌朝である。真理子は元気に、

「発表は見なくても分かってるんだけど、孝江にもこの雰囲気を経験させようと思って連れていくのよ。結果はすぐ電話するわ。お母さん家にいてね」

「はい電話の側で首ったけで待っていますよ」と、前田と顔を合わせた。昨夜のことを知るのは二人だけである。真理子と孝江は合格の喜びと、警察に父が留置される悲しい知ら

せが同時に入ることも知らぬげに、

「では行って参ります」

と、元気に出かけていった。警察からの連絡はまだない。前田は暗い気持ちで役所に出勤した。仕事はいつもと変わらなかった。係長が、

「前田君、ちょっと頼みたいことがあるんだ。かねて山田商店から申請のあった例の店の出入口の柵を広げる件について、警察との立ち合いがあるんだ。君ご苦労だが行ってくれんかね」

「はい、承知しました。何時の待ち合わせでしょうか」

「十時と言っていたが、警察のほうで役所に用事があるので車で立ち寄るとのことだったよ。だから同乗をお願いしておいたから、待っていたらよいだろう」

「はい、それでは待っています」

と答えたが、心は不安で動悸は高鳴っていた。白木はもう車で仕事に出かけた。彼は自動車の運転の仕事である。九時三十分となった。それにしても鈴川の問題はどうしたのだろう。苛立ちと不安で時の過ぎるのが待ち遠しかった。警察のパトカーが来た。いつもの小型の形だけの車であった。

「やあ今日は、いつも面倒なことをお願いしてすみません」

と、係長の前の椅子に座った。係長は、

「今日は前田君に行ってもらいますから、よろしく頼みます」

と、申し出た。

「えっ、前田さんと。私、署長より伝言を頼まれました。前田さんと白木さんをちょっと署までご足労をお願いしたいと伝えてくれとのことでした。なんのことか知りませんが、たいしたことではないでしょう。私に伝言を頼むのですから」

川口係長は、

「本来ならば、目つきの鋭い背広姿の刑事さん二人がお迎えにくるだろうになあ」

と、笑わせた。前田はそれどころではなかった。強ばった顔で無理な笑顔を見せて、

「あのときの事件がバレたか」

と、精一杯の軽口をたたいて応酬した。警察では応接室に通された。婦警がお茶を運んできた。なんか変だなあ、容疑者ならこんな扱いは受けないはずなのに。客はほかに四十歳くらいと六十歳くらいの婦人二人と、五十歳くらいの男一人に、鈴川の妻芳江がいた。十分ほど待っていた。

「やあ、お忙しいところをご苦労様です」

と、顔見知りの高橋刑事課長が入ってきた。

「今日は久しぶりにいい天気でよかったですね。雨ならまた一段とご迷惑になりましたでしょうから。実は六年前の西駅出口の死亡事件のことなのですが、警察としましてすでに目撃証言などでこの事件は解決済みなのですが、ここにおられる鈴川さんの奥さんから先日、事故に遭われましたご主人の日記をご提出いただきまして、慎重に検討いたしましたが、事件についてなんら疑わしい点に結びつきません。ここにおられる方が証人です。納得のゆくまで当夜のことをお聞きください」

と、話し出した。

「そうでしたか。私たち三人、心配していたのです。なにしろあの夜、私たち三人はあの時刻にあの男に絡まれたのですから。すぐ警察に連絡すれば、こんなに苦しまなくてもよかったと思います。なにしろ警察と聞くと敬遠する気持ちになりまして、その結果死ぬほどに心を痛めました。ただいまの課長さんのお言葉で一気に肩の荷が降りました。今日は留置されるかと妻と水盃を交して参りました。本当にこれでいいのですね」

「もちろんです。鈴川さんからは前から聞いていました。その時点で捜査いたしました。

奥さんから日記をご提出いただきまして、皆さんご心配のことと思いましてご足労を願ったわけです。お分かりでしょうか」

　前田は生まれてこのかた、味わったことのないような爽快な思いがした。

「それで事件の真相はどうなのですか」

「私ども初めは三人組に振り回されましたが、こちらの河合さんと水谷さんの証言によりまして、あっという間に解決いたしました。なにしろ死者は駅を住居とする住所不定の者で駅周辺で、強請の常習者だったのです。あの日も駅前で九時ごろ強請をしていたのです。この人が被害者です」

　と、五十歳くらいの男を紹介した。

「そうです。私に突き当たりまして因縁をつけてきました。でも私は相手にしませんでした。執拗に付き纏いますので、駅前の交番に逃げ込みました。彼はこれはいかんと思ったのか、急いで逃げました。そのとき花壇の縁につまずいて転んだのです。それは私の友人も見ています」

　課長は、「それからのことは、この二人にお聞きなさい」と二人の婦人を紹介した。

「はい、私あの夜十時ごろ、西町の母が倒れまして気が動転していました。いつもは人通りの少ない地下道は昼でも通りませんが、なにしろ急いでいました。でも一人では怖かったので、仕事仲間のみつ子さんを頼み二人で行きました。出口付近にあの男がいました。怖かったので引き返そうと思ったときでした。フラフラとして後ろ向きによろけて、お尻からドスンと転びました。その右のコンクリートに頭をぶつけました。これははっきりと見ましたので間違いありません。そのとき誰かに知らせれば助かったかもしれません。翌日の新聞で死亡したとのことで驚きました。それから気がとがめまして、毎日苦しみました。人の命なのですから、それで思いあまって警察に届けました。まあ、こうした次第なのです」

と、語ってくれた。

「だいたいこのようなわけです。お分かりでしょうか」

「はい、よく分かりました。私も尻餅をつくところは見ました。でもすぐ立ち上がりましたので、私たちではないと確信していました。でも、さきほどのご婦人と同じで心は痛めていました。特に鈴川君は気の毒なほど苦しんでいました」

と、前田が言った。課長は、

「どうした弾みか、この件は新聞に載らなかったようです。私たちもすすんで新聞には通知しませんでしたので、この事件は尻切れトンボに終わったようですね。死亡事件でも稀にはこんなこともあるんですね。これは近年にないことですよ。死んだのが町のダニだったからなのでしょうかねえ」

前田は肩にズシリと乗っていた重い荷物がドサリと落ちた感じであった。それでは、と礼を言って警察をあとにした。署の前に電話ボックスがあった、前田は、

「一足先に行ってくれ」

と白木に言い、電話ボックスに入りダイヤルを回した。一度のコールで朝子が出た。

「もしもし、俺だよ」

「あら、あなた。どうしたの」

「うん、なんのこともなかったよ。詳しいことは帰ってから話すよ。もう心配はいらないからね」

「えっ、そうなの」

と、言ったきり返事はなかった。

「どうしたんだ。おい、なにかあったか」

「……」

「おいしっかりしろ、聞こえるか」

朝子は胸が一杯であった。やっと、

「スー…」

と、いう声が聞こえた。そうかと前田も感じた。

「あなた、合格したわよ」

と、やっと一言が出た。

「そうか」

と言ったきり、声が出なかった。お互いに気心の知れた夫婦である。無言のうちにも会話は通じていた。うんと泣くがよかろう。

「では切るよ」

「はい」

前田は心も軽く、車を走らせた。公園の角の電話ボックスに白木の車が止まっていた。白木がボックスから出たところであった。思わずクラクションを鳴らした。白木が手を上げた。その顔は底抜けに明るい顔であった。それから三ヶ月後、鈴川は奇跡的に意識を回復し、今は歩行訓練をしている。三人組の揃うのはもうすぐだろう。真理子は軽の乗用車しか買わなかった。

「外車を買ってあげるよ。約束だから」

「言ってみただけよ。無理しなくてもいいわ、お父さん。私はこのピンクの可愛い車が好きよ」

目にしみるような青い空には、綿のような雲がゆっくりと流れていた。

独り言編

人の心

今までの人生で感じたことは、人の心を知るのは難しいが、困らすには理屈はどうでもつけることができるから簡単だということである。これは日本人の国民性かもしれない。会議では意見は一致しないが、個人同士では意見が相違することはほとんどない。これは相手に合わせるからである。この場合は話で相手の気心がはっきりと分かるからできる。そのほかで、例えば握り拳を黙って出された場合にはなんと解釈できるだろう。当たれば賞金が出ると言われても絶対に当たらない。考え方一つで答えがみな違うからである。以前、福井の有名な禅寺で禅問答をテレビで放送されたことがあった。その内容は、私たち修行の足りない者では全然分からないことであった。雲水の質問は次の問題であった。

「当山に黒き雪の降るときありや」

答えは、

「白く見えるときは白い、黒く見えるときは黒い」であった。

「ありがとうございました」

と言って引き下がった。あれで答えなのだろうか。我々ではチンプン、カンプンでなんのことやらさっぱり分からない。これと同じ答えは政治家がよく使うし、また国を相手の裁判の判決文によく見られる。どちらにもとれるようで我々の頭では判断しかねる。私の作文も長々とくだらないことを書いてあるから、なにを訴えているのか分からないとよく言われる。そうかもしれないが、プロではないから仕方がないと諦めている。簡潔で意味の深いのは和歌や俳句なのだろうが、十七字や三十一字では私の頭ではいくら考えても分からない。完全なお手上げである。テレビの俳句教室はときどき見るが、出された俳句の多くが添削されている。それほど難しいのだろう。でも、これも先に書いた握り拳の判断と同じで人により思いが違うのではないだろうか。その例として、有名な『波浮の港』の詞だが、これはでたらめの詞らしい。波浮は西側に山があり、夕焼けは見ることはできない所なのである。それがなんで「浮波の港は夕焼けこ焼け」なのだろう。それがなんでよい歌として流行するのだろう。これは歌いやすい曲だからなのだろうか。だとすれば、詞などはどうでもよいということになると思うが、実際はどうだろう。

お寺の門前で饅頭屋を経営している住職の落語の禅問答でこんなのがある。ある僧が、問うほうの仕種で両手の人差し指と親指を結び円を出した。これはその人の今の心を問うたらしい。

答える側は、饅頭の大きさを聞かれたと思い、両手を頭上に上げその手を合わせこんなに大きいぞと円を作った。

問うほうではこれを、大海のごとしと判断した。問うほうでは指を一本出した。これはその人の今の人生について問うたらしい。

答えるほうでは、饅頭一つ幾らと聞かれたと判断して、五本の指を出して五十円と答えた。問うほうではこれを五臓の中にありと判断し、その心の深さに驚いた。問うほうの僧はかなわずとも今一問と、三本の指を出した。これは、その人の三界はいずこにありやと問うたのである。

答えるほうでは、これを一つ三十円にまけろと判断したものだから、まけるものかと目を剥いて、あかんべいをして答えた。

問うほうでは、これを三界は目の下にあると判断し、とても私では及ぶところではございませんとそうそうと立ち去ったとのことである。これは笑い話だが、人の心は話で聞かなくてはとんだことになる。話で聞いてもその場の雰囲気で吉とも出るが、凶とも出る。

気を付けなくては、と今ごろ気が付いた。遅かったかな、七十歳では。

妬み心

ずいぶん前に、新聞に元皇族の方が場末のアパートで生活保護を受けながら生活していて、一人寂しく亡くなった、と載っていたのを読んだことがある。この方は老婦人で若いころは大勢の召使いに囲まれていたとのことである。そして、アパート住まいのころは元の身分は語らず、ひたすらに住民に溶け込んでおられたと載っていた。

なぜこのような暮らしをしておられたのだろうか。自分のもっとも大切なことを最後まで明かさずに終えるということは、そうできるものではない。例えば有名な大学を卒業し、場末のアパートに住み肉体労働者として仲間に学問を教えながら、その学歴を明かさず一生を送ることができるだろうか。そのようなことは絶対といってよいほどできない。できるとすれば、ほんの一時である。茶碗酒でも飲みながら誰は何大学出だ、また誰は何大卒だと話す程度のことである。

俺はその学歴がありながら、こうしてお前たちと心から付き合っているんだ、という気なのである。心から付き合える人はそのようなことはしないのではないだろうか。真実の人の心は一目見れば分かる。口先では人の気に触らない言葉で接しても、どこか態度に表れるものである。また、このようなことを得々と書く者は有名な大学出でなくては道理に合わない。それでなくては学歴のない者の僻みと聞こえるだろう。そうなると私の僻み心なのだろうか。射殺魔の永山則夫は見事な文を書くらしい。有名な『無知の涙』とかいう本もあると聞いている。

私は読んだわけではない。読んだとしても、良いのか悪いのかも分からないだろう。しかし、あれだけ騒がれるのは射殺魔で有名なだけではなかろう。事実、素晴らしいのだろう。だとすると、永山もこの本だけに限っては有名大学出より上ということができる。いずれにしろ、犯した罪は重い。今までその才能が生かされなかったのが惜しまれる。これも私の妬み心なのだろうか。

生意気な言い分

世の中の情勢を知るには新聞、テレビなどの報道機関が手っ取り早い。人にはそれぞれの考えの相違があり、十人寄れば十の意見があろう。また、わずかの違いであるが一致することもある。私の意見は、裁判官は人間であってはならないと思うのである。大きくいえば、国を被告にして裁判を行なう裁判官は、三権分立で厳とした侵されない判断を下さなければならない。その裁判官の心証を悪くした場合に判決に微妙な影響がでるとしたら、人間だから心が動くのであろう。ロボットには心はない。だから心のない人間にならなくてはならない。それだけ重要な仕事をする裁判官には、人間としての自由は認めてはならないと思うのである。

例えば自衛隊違憲の福島判決である。人間としての自由から自由法曹団に入り、その考えの入った名判決であった。また福島裁判官はその有力メンバーであったのである。これで私感の入らない判決といえるだろうか。厳正公平であるとは福島裁判官個人のことで、誰も信用はしないだろう。信用する人は自由法曹団と同じ考えの人々だろう。しかし、この意見では全ての人が平等の憲法に違反することになる。一歩進めて刑事事件の被告人も立候補の自由も憲法に照らせば止めることはできないということにもなれば、起訴されたような者でも当選すれば、彼らの言葉で「みそぎ」が終わったということになる。その地区の選挙民はその候補者を利用して地区のためになると思ってのことだろうが、国全体から見ると困った現象なのである。そのためにこうした灰色の議員は、当選後ただちに最高裁判官と同じ国民審査をする必要があるだろう。これなら憲法に定められた国民平等の原則には反しない。なぜならば、起訴されるようなことをするから国民審査にかけられるのである。これをしなければ政治改革なんて言葉だけのことである。また、政治献金も入るほうをキチンとすればいくら入ってもよい。そのかわり一円たりとも付け落としがあってはならない。何円までは届けなくてもよいでは抜け道がいくらでもある。

政治には金がいることは充分承知している。本当はいらないのが理想であるが、それでは政治が成り立たない。今の政治家が全部退いて我々がその地位を得て政治を行なうとしたら、乞食が馬を貰って、さてなにに使おうかと困るのと同じで、国の先行きは真っ暗になってしまう。だから今のプロの政治家が必要だ。それを維持するためには選挙に勝たなければならない。そして、勝つには金がいるということになる。金を使わなくても当選する者もいるが、そのような人は日本国中で一人だけである。テレビタレントと二足の草鞋で参議院議員でありながら、先の消費税の可決に嫌気がさして任期三年を残して辞めた人である。そして、すぐ参議院議員選挙に立候補して見事に落選した。金を使わないで当選するのはこうした人だけである。また、そのような人ばかりでは、我々が当選したと同じでなんの役にも立たない。だから政治献金は必要である。それにしても、どこから集めるのか知らないが、よくも集まるものだと驚く。

彼らも職業なんだ。でも、リクルートで儲けたのならそれでよい。私はこうしたことで金を儲けました、ご批判はご自由に、と自分の行為を認めるべきだ。誰でも黙秘権も認められていて犯罪から逃げたい気持ちはある。しかし議員ともあろうものが、秘書のやったことで私は知りません、と逃れるのはどうだろうか。なんにしても政治は難しい。選挙の演説も聞き飽きた。その内容の本音は「私の生活のため、皆様の清き一票を」としか聞こえない。しょせん我々では、無責任の独り言で批判するしかないのだろうか。

お見舞い

御蔭さまで物心がついてから入院などということは経験がない。若いころは一度入院でもして体を思う存分休ませてみたい、と不心得なことを願っていた。お蔭で病気のほうでこんな馬鹿はとても付き合えないと逃げたのだろうか。また、こんな横着者はうんと働かせてやれとでも思われたのか。今も入院の機会はない。でも最近七十歳近くになると、とんでもないことだ、入院即仏になるかもしれないと敬遠の心が湧いてきた。体の調子が少しでも悪いと、これは癌ではないだろうかと心を痛めたり、眩暈がするとこれで一生寝床から起き上がれなくなるのではとか、健康な人が聞けば笑えるような生活観となってきた。これもまた、楽しい遊びの一つで、一病息災なのだろう。

先日、飲み友だちが痔で入院した。痔は俺のほうがちょっと先輩で病院に通っていた。ある日、ばったりと犬の散歩の途中に顔を合わせた。

「おい、俺、最近痔が悪くて困っているんだ。なんとかならないか」

「そんなもの跡味に行け。ちょこっと切るだけですぐ治るぞ。切るが一番だ。早いほうがいい、今すぐ行けよ」

「人の尻だと思って簡単に言うなよ。本当は切るほどでもないらしいんだ。医者は見るなりこれは酷い痔だと驚かしやがったんだが、切らなくてもよいかね、と聞いたら黙っていた。だから切らなくてもよいだろう」

「尻は特に痛いからなあ」

と、話したのは十日ぐらい前だったのに、奴のほうが先に入院してしまった。これでは話したころは悪かったろうに、自分の同類がいて少し安心して酒を飲み過ぎたのではないかな。とにかく切ったらしい。さっそく見舞いに駆けつけた。

「おい、なんだい。こんな所に」

「うん、こんなもの、盲腸ぐらいのもので心配かけるなあ」

「うん、一度来ておかんとなあ。俺も切るかもしれないから」

「切れ切れ、そして一緒に入院しよう」

「それもよいが、医者が切れと言わんからなあ」

「それで今はどうなんだ」

「だいぶ治ったよ。少しチクリとする程度だ。まだ通院しているが治ったようなものだよ」

「一緒に入院したらどうだろう。二人で酒盛りを始めるだろうなあ」

「酒だけは駄目だぞ、すぐに痔が出るから」

と、馬鹿話をしているうちに元気が出たようだ。七十歳を過ぎての入院は精神的にも疲れるらしい。顔を見たときはしょんぼりして彼らしくなかった。俺も入院すれば落胆して気力を失うだろうか。入院などするものか。頑張るぞ。

井戸の中の蛙

元来、農民の肉体労働者の私は、三十年ほど前に吊るしてある安物の背広を一着購入しただけである。そのころの代物であるので、今着て歩いて合っているのか、また、そのころこれでよかったのかも分からない。合っていたとすればずいぶん地味な柄だったのであろう。本来の菜っ葉服に地下足袋と麦藁帽子のスタイルならば自信があるのだが、まあそれはそれとしてときどき背広を着て出かけることもある。田舎を歩いているなら、まあなんとか様になるだろうが、ときには町に出かけることもある。

町の通りのガラスに写る自分の姿を見て、なんとまあ黒い顔だろうと思う。それに加えて、手の黒いのもなんとも似合わない。まるで田に立っている案山子である。それもそうだろう、一年に数えるほどしか着ないのだから。でも、田舎ならそれで大満足なのである。そこで先日、いくらなんでも古びた背広ではと、買い替えるために妻と町に出かけてみた。目に入る物みな良い物に見える。初老の私では品の良い悪いはどうでもよい。体に合った安物を買うのが目的である。ちょうど頃合いなのがあったので、ちょっと手にとってみた。値段を見たらなんと十万円ではないか。頭から血が引いてゆくのが分かった。おかしい、こんなはずはない。たしか三年前、他の店で同じくらいの背広が二万円で吊るしてあったと思ったが、いつの間にこんなになったのだろう。

そのまま店を出るわけにもいかないから続いて回ってみた。今度はコートの良いのがあった。見るだけである。なんと十八万円ではないか。先に背広で驚いているので驚きはいくらか少なかった。ただびっくりしてその店を出た。そして、三年前の店に行ってみた。なんだ二万円ではないか。どうしてこんなに違うのだろう。明治の文明開化の驚きでもないだろうが、それに似ている点も多少はあるだろう。そこで現実に立って冷静に考えてみた。考えるほどのことではないが、結論は、日本はこれほどの経済大国になったのだろうかということであった。誰が買うのだろう。十八万円もするコートは、おそらく藪に二億円も捨てることのできる億万長者なのだろう。これらの人は我々が百円の買い物をすると同じ感じで買うのだろう。ここへ私が買った二万円の背広を吊るしておいたらどうだろう。おそらくレベルの違う人々だから誰も買わないことはもちろん、お客は店を軽蔑して再び訪れなくなるかもしれない。そんな理由で店では吊るさないのだろう。仮に同じ高い値段で吊るしたとしたら買う人もいるかもしれない。でも仮の話で、もしそれが判明したら店の信用を失い、客足は落ちるに違いない。

偽のマークの商品でボロ儲けをしている人もいるようだ。マークで買うのだから品物の良し悪しは二の次で、本当は値段が高いから良品として買っているのだろう。また、それほどの金持ちでもないのに見栄で借金しても買う人もいるかもしれない。でも、そうした人が着れば気品もあり、うまく着こなすだろう。だが、私が着たのでは十万円の背広も二万円の背広に見えるだろうな。

私も井戸から出られたらいいのになあ。いや、井戸の中がのんびりしていいのかなあ。これが井戸からちょっと出て、外を見た蛙の感想である。

人気と実力

もう十日ぐらい何も書けない。残った頭の細胞は深く眠ってしまったのだろうか。起きている奴はもう話の種が尽きてしまったのか、なかなか次が出てこない。これは困った。

「やい、なにか考えてみろよ。ボヤッとしているとまた眠くなり、そして今度は本当の永遠の眠りに入ってしまうぞ」

「今疲れて眠たくなってきたところなんだ。少し休んで活力を取り戻そうと思っているんだ」

「若いころは一晩寝れば朝はもう気力が充溢するものだが、年をとると一層疲れがたまり、そしてもう起きるのがいやになるぞ。駄目だ、寝るなんてことは」

「眠っている奴を起こそうか。奴らにも少し働かせてやろう」

「それは良い考えだ。土井たか子ではないが、それしかないのだなあ」

「あれは、やるっきゃないだよ」

やっと一つの細胞が目を覚ました。覚ましたといっても目を開けただけだ。なんだかボヤッとして、また横になりかけた。

「こら、もう寝かさんぞ。寝る子は育つというが、ずいぶんでかくなったなあ」

「そう言うなよ。もう寝かせてくれ。頼むよ」

「駄目、駄目。目を開けたのが三年目だ。さあ、俺たちの仲間だ。なにか考えてみろ、一つ出来たら眠らせてやるから」

書いているうちに次のことが浮かんできた。もちろんボケないための独り言だ。責任などは考えない戯言である。芸能界といえるかどうか分からないが、プロ野球界にはあの人でなければという人気者がいる。プロは投守走の「演技」技術がなければ生き残れない。言っては失礼だが、芝居の演技とは異なる。芝居は素人が演じても真似ぐらいはできるだろう。

だが、プロの野球となると、ユニホーム姿ぐらいしか真似ることができない。投手が軽く打たせようとして投げた球でもバットに掠りもしないだろう。結果がはっきりと素人と分かる。現役の人気者は、もちろんその技術がひと一倍優れていなければなれない。その人気者が体で行なう技術の必要のない監督に就任した場合は、その人気者が即名監督とは決まらない。見る人の感想により異なる芝居と同じで、個人の結果は必要ないから、形ばかりは私たちと同じ素人のユニホーム姿の監督となるのである。選手の個性を引き出し、やる気を起こさせる使命感がなければ名監督にはなれないだろう。しかし、負けに負けて最下位になっても人気のある監督もいる。こうした監督は選手時代は人気のある花形選手で、どちらかといえば目立ちたがりやの人が多い。「何々軍は永久に不滅です」なんて格好ばかりつける人である。でも人気者なので、どうしたわけか、こうした無能監督を一人前の監督として見るらしく、先の見えないヘボ球団では競ってこの監督を迎えようとするのである。だが、ヘボ監督はいったん野球を離れたら再び返り咲くことを恐れるらしい。

なぜならば、見る側が素人だから、贔屓の弱小球団にあの人を監督に迎えたら、必ず優勝させてくれるだろうと淡い希望を持って待っているからである。しかし、実力のないヘボ監督ではとても無理である。期待に応えて入ったとしても、あれはあの程度の監督かと人気を失うのが落ちである。

こうした監督は実在していた。人気球団を退団したのか、あるいはさせられたのか知る由もないが、退団当時は各球団から引く手数多であった。しかし、自信がないらしく、充電だ、充電だと言って、二年間ぐらい逃げていた。三年目となり今度は逃げる口上がなくなったのか、どこかの新聞に断りの声明を載せていた。それからは誰も相手にしないのか、話の種にもならないようだ。

万年最下位のチームを一年で日本一にする監督が名監督だろうが、意外とその人が人気がない場合が多いらしい。人気と実力とはっきりと異なるのがこの職業ではないだろうか。

がまの油売り

「早起きは三文の得」という昔からの諺があるが、字の上手な奴は得だなあ、と思う。三文ばかりの得ではない。私は今日も机に向かいしみじみと感じていた。練習もしてみたが、それだけでは駄目のようである。原稿用紙に五百枚ぐらいは書いたろうか。一面に書き始めたときと同じ程度の字が並んでいる。これは素質なのだろう。

素質のない者では上達しないのではないかと思うようになってきた。そういえば上手な奴の中で練習もしないでうまいのがいる。一度聞いてみたことがあった。

「何も練習はしていないよ。この字がうまく見えるかい、俺は下手だと思うんだが」

と、多少優越感を持っているように聞こえた。これは下手な私の僻みかもしれない。こうした理由で最近ワープロ党になった。でも、この年になって覚える操作には悪戦苦闘であった。何度かもうやめようかと思ったが、どうやら少しは様になってきた。字の下手な私にもこれで少し優越感が湧いてきた。年賀状もこれで安心だ。若い人が聞けば、たかがワープロぐらいと思うことだろうが、私は鬼の首でも取った気なのである。

そこで話は「字」に戻る。最高学府を出た人の字を見て、それだけ見た感じでは、あれ、小学生が書いたのか、と思うことがある。なんとその人が国立の一流大出であったりする。これを見てやはり字は努力で上達するものではないと安心するのである。

しかし、字の上手な者は得だ。すらすらと書く達筆を見れば、やあこの人は学があるんだなあ、と一歩譲らなければという感じがする。頭の程度は我々と同じか少し上だろうが、知らない所では無駄口を話さなければ分からない。その上にパリッとした背広でも着て、偽物のブランド品の靴、時計などで飾れば、校長か大社長にも見られる。下手な者ではその真似もできない。そのようなことは人生ではたいした得でもないだろうが、字の下手な学のない者では羨ましいことなのである。

服装でもそうだろうと思う。何着でもブランド品を持っている人は、いつでも着れるという気持ちから、人が思うほど服装については気にしてないのではないだろうか。それに比べて一着しかない私はこれでよいだろうかと気になって仕方がない。それと同じだろう。学のある人は字の下手なぞ苦にしていないように見える。むしろ、それを自慢しているようにも見受けられる。これは喧嘩の強い犬が、そこらのヘボ犬の吠えるのに目を向けないのと同じなんだろう。それに比べると、私は喧嘩の弱いヘボ犬の仲間なんだろうな。学は今からではどうしようもない。字もなんともならない。これではどうすればよいのだろう。血止めの薬のがまの油売りではないが、血が止まらない、止める法を誰か教えてくれないか、お立ち会い。

ごみ戦争

「これで綺麗になるなあ」

最後のごみの収集が終わり、収集車が綺麗に片付けて帰ったのを見て館長は呟いた。今までは指定日以外に残飯は持ってくるわ、危険物は出すわで、手がつけられなかった。その残飯を狙う犬猫が、残飯の入った袋を食い散らかして不潔この上もなかった。また悪臭がプンプンとして、それに蠅が群がり近寄るとブーンと音を立てて飛び去る。実に不快この上もない状態であった。だから、綺麗になったといっても安心することはできない。指定の日以外にも出す不心得の者が跡を絶たないからである。それを予防するにはどうしたらよいのだろうか。

「看板を立ててみましょう。少しは利き目があるかもしれませんから」

「それはよい考えだ。看板を立てておけば普通の人なら持ってはこないだろう」

「なるべく大きなものを立てましょう」

そうして、次の文を書いた看板を立てた。

次回のごみの収集日は十二月四日（月）であります。場所は前の水道小屋の跡に変わりました。ここへはもう出さないでください。

館長

これでよい。どうかこのまま汚さずに終わらせたいものだとしばらく見守ることにした。

そして、翌日となった。見れば昨日のままである。やれやれ誰も無茶なことはしなかったか、少し考えてくれたのか、杉山の人も大人だったんだなあ、と自分たちの予想の外れたことを喜んだ。そして二日目となり、このまま綺麗に過ぎればもう大丈夫だ。

「大きな看板も掲げてあり、子供ではないから持ってきても、持って帰るだろう」

「そうならありがたいが、今夜あたり持ってくる者があるかもしれないよ」

会話を交わしながら、その日は帰った。

三日目の朝になった。やはり一番に目に入る所は残飯捨て場であった。ああ、やはり残飯の袋が三個、看板の側に置いてあるではないか。

「ふん、こんなことをする奴は誰だろう。馬鹿な奴もいるものだ。顔を見たいものだ」

そして、四日目となった。また怒り心頭に発する場面が目に入った。看板が倒されその横に残飯袋と危険物が二つ置いてあるではないか。

「まあ、仕方がない。杉山の公徳心はこんなものか、諦めて次の収集日を境に期待しよう」と、あまり気にしないことにした。こんなことで怒っていては、体によくないだろう。ああこれでは、どうしようもない。昼間から堂々として運び込んでくるのではないか。警察ではないので注意する資格はない。黙って見ているしかない。収集日となった。どんな状態でごみを出すのか現場で見ていた。見れば看板の立ててある側に次々と運び込んでいるではないか。

「今日からこちらに変わったんだよ」

「あっそうだったの。知らなかった」

と、素直に新しい捨て場に運び直してくれる。言ってみるものだ。みな看板を見ていないのだ。

その日の収集車が来て、前回綺麗にしておいた所を再び片付けて、帰っていった。本当にご苦労だ。一口も小言を言わずに行なった姿に、我が身が恥ずかしく思われた。

「よし、今日からは注意してやるぞ。正式に変わったのだから」

と、次の日を待った。やはり綺麗な所に残飯が置かれ、看板も倒されていた。あれほど針金でしっかりと止めておいたのに、これはここの捨て場を変えられては困る者の仕業だろう。誰がこんなことをするのか、顔が見たくなった。

「よし、明日は休みだ。一日中寝ていてもよいから、今夜一晩中見張ってやろう」

と、家に帰り家族に話してみた。

「まあ警察でもないのに、そんなことしてどうするの。見つけて注意するの。そんな人に嫌われるようなことはやめてよ。第一そんなことをする資格があるの」

と、矢継ぎ早やに止める言葉が出てくる。

「いらんことを言うな。俺はそ奴の顔が見たいだけだ」

「それがあなたの欠点なのよ。どうでもいいことではないの。関係のないことだから」

「うん、よし、やめるよ」

やめると言わなければ、どこまでも止めにかかるだろう。そして寝床に入った。ちょっとうとうとしたと思ったら目が開いた。やはり気にしているから目が覚めるのだろう。エンジンをかけると音が出るが仕方がない。そして静かに出かけていった。現場からかなり離れていたが目の届く所で見ていた。さあ張り込みである。奴はまさかこんなことをしているとは思わないだろう。一時間ほど待っていた。こんなに寒いとは思わなかった。エンジンをかけて暖房をいれるわけにはいかない。じっと我慢である。二時間待っても変化はない。自動車が絶えず行き来しているからだろうか。現れるとしたら朝ではないかな、と感じた。

「よし、一応帰って朝早く来てみよう」

と、再び寝床に入った。目は絶対開くからよい、執念があるから、と眠りに入った。どのくらい眠っただろうか。パチッと目が開いた。時計を見れば四時である。よし行くぞ、と再び出かけた。現れてくれと、祈りたい気持ちであった。

ラジオの歌謡曲も終わり寒さも増してきた。やがて六時である。やはり駄目だったか、と帰ろうと思ったとき、一人の男が手に残飯袋を下げて現れた。前の小道から出て張り込みに背を向けてスタスタと歩いていった。ついに見つけたぞ。男は綺麗に片付けられた看板の横に残飯を置き、看板を倒し出した。針金で括ってあるので取れない。杭をぐらぐらと揺すり、ついに杭ごと倒してしまった。目的を果たして不心得者は帰ってきた。

このまま終わったのでは張り込みの目的は達したが捨てる予防にはならない。どうしようか、ちょっと出て注意すべきだろうか。警察ならば即刻逮捕するだろうに、こちらはとにかく、相手に見られ〝しまった〟という感じを持たせなければ、また同じことをするだろう。車内は外の寒気と中の人の体温だけの違いだろうが、温度差の加減かガラスは曇っている。それにまだ薄暗いから中は見えないだろう。こちらは不心得者が現れるまでは見られては困る張り込みである。

十円玉くらいの曇りを取り、そっと見ていた。さきほどの不心得者は車の前三十メートルくらいの横道から出てきて、車を背に向けて捨ててきたのである。今度は車に向かってくる。さきほどの曲がり角まで来て、ちょっと立ち止まり、なにか気になるのかこちらのほうを見ている。意を決したかのように車に向かってきた。よし、気が付いたらしい。捨てる前に気が付かれては万事休すである。今の場合は万々歳である。車の横に立ち止まり、ガラス窓の隅のわずかな曇りのない点から中を覗き込んだ。

こちらも当然、睨み返してやった。ギクッと驚いたであろう。なにも言わずにスタスタと行ってしまった。この男は昼間堂々と大量のごみを捨てにきた男であった。一夜の疲れが嘘のようであった。気分も軽く家に帰った。

「本当に馬鹿なのねあなたは。そんなことをして効果はあったの」

「大ありだよ」

「それで注意したの」

「そんなことするわけないだろう、警察ではないのだから」

「で、誰だったの」

「そんなことは言えないよ」

「それごらんなさい。無駄骨だったのね。もう年だからあまり無理しないでね」

「目的は充分達したからいいよ。これから寝るんだ静かにしてくれ」

「本当に困った人だこと。人にはこんなこと話せないわ、ばかばかしくて」

なんとでも言え。俺は大満足なんだから。

翌日、看板の倒れたことを知った館長はブリブリと怒っていた。

「畜生め。どうしてくれようか」

「大丈夫ですよ、もう相手にしないことにしましょう。相手は馬鹿なのだから、逆らえば何度でも倒すでしょうから」

と、そのまま看板は取り外した。それから十日たったが誰もごみは捨てにこなかった。

今日は暖かな日だ。ふと、残飯捨て場の跡に立ってみた。綺麗に片付けられた日だまりに、野良猫のクロが気持ちよさそうに寝ていた。こんな所で眠ると猫でも風邪をひくだろうに。

「シッ起きるんだ。あっちへ行け。シッ」

これからは、平和が続くだろう。

野良犬

野良犬といえば、可憐な小犬がヨチヨチと親犬を求めて鳴き歩く姿が想像される。だが、人間の暴力団と同じで弱い者を食い物にする、五、六匹の集団もある。こ奴には弱みを見せたら危険だ。先日、朝早く一人で畑に行ったときのことである。車から出た瞬間に二匹のこの暴力犬が〝ウゥワンワン〟と吠えながら飛び出してきた。ほかに数匹いたが、こ奴がボスらしい。ここで逃げたら殺られてしまう。この野郎と鍬を振り上げて立ち向かっていった。その動作に驚いたのか、尻尾を丸めて一目散に逃げていった。これは長い戦地での経験から、戦うことが自然に身に染み込んでいるからできたのだ。戦地の野良犬は人の死体もバリバリと音をたてて食っていた。相当に美味らしい。拳大の石を投げ付けて当たっても、わずか五、六メートル逃げるだけで、人の立ち去るのを見て待っていて、立ち去ればまたすぐ食っていた。もしこれが女や子供の場合はどうなったろうか。襲われて相当な被害がでたに違いない。

それから数日後、同じ畑に行ってみた。いるわ、いるわ、米の俵を並べたように茶色から白黒の斑の奴が十匹ぐらい、堂々と寝ていた。こうなると戦時中の言葉で、敵ながらあっぱれ、というところである。でも、これには挑戦する気にはなれなかった。起きている奴が数匹ジーッとこちらを睨んでいるからである。石を投げ付けて挑戦すれば必ず集団で向かってくるに違いない。負けるが勝ちとスタコラと逃げ帰ってきた。

さっそく、毒餌を撒いてやろうと保健所に連絡した。でも、それは法律の上から面倒な手続きが必要で数日かかるらしい。では仕方ないと、戦地で犬を捕った経験で罠を作って仕掛けてみた。戦地の経験は、これしかよかったと思うことはない。あとは吐き気のするようないやな思い出ばかりである。翌朝さっそく見に行った。結果は残念ながら針金を切られて逃げられていた。針金が細いからなのである。それで針金を少し太めのに交換してみた。

翌朝のことである。今度は針金が太すぎて首から外して逃げたらしい。なんにしても、子牛ほどのボスに仕込まれているから、思うようには掛からない。もう掴まらなくてもよいから、遠くに行ってくれ、俺は貴様の命を取ろうとは思わないから、と諦めた。

戦地では短期間に見にいき、子牛ほどの奴が掛かっていたら、すぐに針金を引き上げ首吊りにして捕ったのだから捕り損ないはなかった。今は一昼夜も捨てておくから逃げられるのだろう。最近は、この俺様の罠を外す奴も可愛い奴だと思えるようになってきた。

これとは話が異なるが、終戦後親を亡くした孤児たちが健気にも涙を忘れ、集団で助け合って生きていたのが印象に残っている。生きるといっても十歳前後の子供五、六人である。ボスの子供に指図され、野良犬のごとく集団で、すばやく食料店から食える物はなんでもかっぱらい、それを分け合って飢えを凌ぎ、神社の軒下で固まって暖をとって生きていたのである。今の子はこのようなことが信じられるだろうか。これらの孤児は、収容所に入れられてもすぐに逃げ出し、また同じことを繰り返していた。

その子たちも今は五十歳を越したろうか。父として母として、家庭と子供を大切に守っていることだろう。そのころの辛い思い出は、どのような教育を受け、学問を修めた者でも語り聞かすことはできないだろう。反面、極限に達した苦しみに耐えた、これらの子供たちは貴重な体験者として語り継ぐことができると思うのである。口先だけの教育など、〝有って無きが如し〟ということである。さきほどの野良犬も、捕ろうと思えばほかの方法で簡単に捕れる。しかし、それもかわいそうにも思えるようになってきた。仲よくしよう、これからは人を驚かすなよ、と最近は罠に掛からないことを願うような気もしてきた。この気持ちは私も、同類相憐れむ、で野良犬と同じ苦しみを味わって来たからなのだろうか。

無題

　素人が、自称がつく作家の真似をするのも難しい。見たこと、感じたことを並べただけなのだから、お寺で聞く説教のようなものである。ありがたいと思って読めばありがたく、なにも考えずに読めばこんな阿呆らしい読み物はない。それをおもしろく書くとすれば、多少の嘘も入れなければならないし、また、有名人の名前もそのものズバリと入れなければならない。『さらば桑田、さらばプロ野球』がそれである。私も読んだわけではないのであまり大きなことは言えないが、「だろう」「らしい」といった表現で文章が成り立っているらしい。この場合は読んだわけではないので「らしい」と書くしかない。しかし「らしい」といった表現で他人を批判するとしたら、批判された人はたまらない。でも、読む人にとっては文章の内容はおもしろく楽しいものとなるらしい。もしこれが仮に『さらば佐々木尚文、さらばプロ野球』だとしたら、内容は同じでも誰も読んではくれないだろう。

　そこで私もこうした「らしい」の表現で「杉山道路改良物語」を書いてみた。読み返してみて、なるほど自分ながらもおもしろく引きつけられるものがあった。でも、こんな文章を自分一人で楽しむならよいが、他人に読んでいただくとなるとちょっと問題になるのではないかとも思った。この場合、実名でなく仮名を使ったとしても、もし内容が事実と異なっていたらそれこそ大騒動で、刑法からみて名誉毀損になるに違いない。「さらば桑田」がそれなのだ。この場合、仮名で書いても名誉毀損になるだろうか。この裁判の結果がどうなるか知るところではないが、書いた人は頭が痛いことだろう。

でもその結果、本がベストセラーになったのだから、多少の危険は覚悟の上だろう。私はそのようなことはできない。でも、それに近い真似をしてみたのである。いくらおもしろくても危険なことは御免だ。そして読み返し、曖昧な点は訂正してみた。その結果は、お寺のお説教と同じでなんのおもしろさもありがたさもない、ただの綴り方になってしまった。

お説教はありがたいと思って聞けば涙が出るほどありがたいらしい。私はその気持ちが分からないから「らしい」である。本当に文章をおもしろく書くのは難しいものだ。でも、それでよいのではないか、自称作家なのだから。人から見れば自称も付かない。高望みは無理だ。やはり見たこと、思ったことを書くしかできない。要するに自分で楽しめばいいんだ。でも、人に見てもらうとなると、その人の迷惑も考えなくてはと思う心配もある。これがなんとかならないかと思う。それならやめればいいのに、といつも家内に言われている。でもやめられない。これは贅沢な悩みなのだろうか。残る人生は何年もないんだ、こんな贅沢ならいくらでもしたらよいのかもしれない。我が人生に悔いなしとはこんなことなのだろう。この「だろう」はどうかな。私はよいと思うがなあ。これで今日の馬鹿話は終わる。

若いんだ、まだ

貴様と俺とは同期の桜……と懐かしい歌が聞こえてきた。家族の中にも珍しい歌を聞く者もいるんだな、と思いながら部屋を覗いてみた。孫三人は中の孫を中心に、なにか布で縫い物をしている。母親の娘は、それになにかと手出しをしては指導している。

「駄目そこから切っては。こちらのほうに皺が寄り合わなくなるから。おっと、その鋏ではうまく切れないからこの鋏にしなさい」と、賑やかにやっている。上の孫娘は真剣な眼差しで興味深そうに、手を出したそうに見ている。下の孫娘は野次馬的な目で呑気そうに見ている。妻は綿の手入れをしている。見渡してみて、誰も歌は聞いていないようである。といってテレビのチャンネルを変える関心もなさそうに、それぞれの行為に夢中である。歌はテレビドラマの中の一シーンだろうか、老人が二人で歌っている。これを見てなんとなくいやらしさが感じられた。なぜだろう。自分も同じ老人でありながら、画面は頭も禿げて前歯もなく、髭も白くまばらに散らばっている二人であった。二人は楽しそうに見受けられるが、見ている者には正視に耐えられるものではなかった。

「自分もあれと同じなんだなあ」

と、思わず呟いた。

「なんだねお爺さん、独り言は若いころからの癖なんだねえ」

と、妻が言った。

「うん、この歌を聞いてお前はどう思う。俺はあまりいい感じはしないのだが」

「そうだねえ。でも、若い気で旅を楽しんでいるのではないかねえ」

「それはいいが、見てなにか寂しいというか、あんな楽しみ方をしなくてもとも思えるんだが」

「それなら、どんな楽しみ方があるかね」

「俺にも分からん。しかし、俺はこのシーンを見て人前の歌はやめるよ。あまりにもみすぼらしいから。歌うなら誰もいないところで一人で歌うことにするよ」

「私は御詠歌を習っているが、一人より大勢のほうがいいと思うけどねえ」

「そうだ。御詠歌は老人のものだからなあ。若い人がやってるのを見てもなんとも感じないが、若い人から見てなんと見えるだろうなあ。ゲートボールも老人の印象が強いから、あまり興味はないんだ」

「あんたが若い気でいるからだよ。それだから同期の桜など歌うんだね。人の前では歌わないなんて言っても歌うと思うよ」

「そうなんだ、自分では老人ではないと思っているんだな。先のテレビでの老人もそうだ。若い気で目立とうと思って歌っているのだろう。それを見るほうでいやらしく映るんだなあ。これは人の振り見て我が振り直せの見本のようなものだなあ」

このとき、娘が口を出した。

「老人をそんな目で見ては駄目じゃない。人前の広場に出して仕事でもなんでもしてもらわなくちゃ。お爺ちゃんもおおいに歌って楽しみなさいよ。それから家の中の仕事も頼みますよ」

「暇さえあればなんでもしてやるよ。遊んでいることは辛いものなんだ。若いころは遊ぶことのみが目的だったんだがなあ」

そこで、一番上の孫が口を出した。

「私、遊ぶことが一番すきなのに、遊ぶことが辛いなんて本当かしら。信じられないわ」

俺もそんなときもあったんだなあ。これが人生なのだろう。

「今日は酒を飲むぞ」

「酒はやめたのではないかね」

「馬鹿を言え、これから久しぶりにクラブに行くんだ。健を誘ってやろう」

足音も軽くダイヤルを回した。雨が降らねばよいが。

独り芝居

幕が開いた舞台の真ん中に菜っ葉服に麦藁帽子を被り、足はとび職用の地下足袋でキリリと固め、腰に油で煮染めたような手ぬぐいを下げた、肉体労働者が立っている。生まれてこのかた、名刺などは一度も交換したことはない男のようである。それは誰でもない自称作家なのである。だが今、夢の中で交換したいものがある。その物の名は名前なのである。自称作家曰く、

「でも今口洋子では駄目だ、俺は女の気持ちで物を見られないから。栄六助なら自惚れ集に拝借しても、分からないかもしれないな、一度試してみるか」

独り答えて曰く、

「それが自称作家の自惚れというものだ。俺の絵にゴッホの名前を拝借したと同じだ。思うだけで臍で茶が沸くだろうな」

「絵は一目瞭然でも文章ではごまかすから、分からないかもしれないではないか」

と淡い夢を見ながら、一人で作家病と取り組んでいる。これも一病息災だ。なんでも食えるんだから糖尿病よりは少しはましだろう。簡単に、こんな遊びができるんだから、苦労して題を探すこともない。初めて四百字が余ってしまった。

鼻を蠢かして、

「どうだ参ったか」

自問自答で、

「参った、参った。俺の心臓には毛が生えているんだな。負けたよ」

拍子木がチョンと鳴り幕は降りた。

母に捧げる

「おい、やっとできたぜ」

と、母の写真に話しかけた。母は無言のうちにもなにか話し出しそうな顔にこちらを見つめている。そうだ生きているんだ、母は。俺はじっと手のひらを見つめてみた。この体の中に母の血は流れているんだ。いくつになっても母は恋しい。特にまだ見ぬ母には甘えてみたい気もする。そういう俺はもう七十歳だ。でも、今の俺には生後四ヶ月で別れた、そのころの母の気持ちが痛いほど分かる。俺はそのときの母の気持ちで家族を守ってきた。俺の子供のころの辛い思いは、家族には絶対させたくない。そうした気持ちが戦中、戦後を通じて俺に生きる喜びを与えてくれたのであろう。ありがとう。これからも一緒に楽しく生きよう。型破りの自分史が完成したことを母に心から感謝し筆を置く。

涙に曇る目で仏壇の母の写真に話しかけながら。

合掌

ふたりの絆
―あとがきに代えて―

「おい、やっと完成したなあ」

「そう、あのころが懐かしいわ。私あんなことを言ってたのかしら」

「ところで俺の最終学歴のことだがな。例のカロリン大学特別聴講生にしようと思うんだがどうだろう」

「まあ、あんた『自称作家の自惚れ集』を出版するときも同じことを言っていたじゃないの。あんたには学歴よりも、今のあんたが最高なのよ。この本も文芸社の小林達也様のお目にとまり、全国出版という幸運に恵まれたではないの。ほんと、あんたは目立ちたがり屋なのねえ」

と、今も妻は心の中に生きている。ふたりで楽しむ作家人生は始まったばかりかもしれない。

著者プロフィール

佐々木 尚文（ささき なおふみ）

1922年、豊橋市生れ。
1936年、義務教育を終える。
1939年、軍隊に志願する。
1944年、愛知県豊橋土木事務所の運転手となる。
1963年、豊橋杉山市民館に勤める。
1964年、コスモス文学の同人となる。
『見知らぬ女』『「偽」漱石の晩餐』等の著書がある。

妻とふたり

2002年6月15日　初版第１刷発行

著　者　佐々木 尚文
発行者　瓜谷 綱延
発行所　株式会社文芸社
〒160-0022　東京都新宿区新宿1-10-1
電話　03-5369-3060（編集）
03-5369-2299（販売）
振替　00190-8-728265

印刷所　株式会社エーヴィスシステムズ

ISBN4-8355-3960-5　C0095